La protezione dell'Alfa

Renee Rose

Traduzione di
Ema Ferrari

 Creato con Vellum

OTTIENI IL TUO LIBRO GRATIS!

Iscrivetevi alla newsletter di Renee per ricevere Indomita, scene bonus gratuite e notifiche riguardo a nuove pubblicazioni!

https://subscribepage.com/reneeroseit

di Renee Rose

Nota dell'autrice: I personaggi di questa storia hanno aspettato a lungo il loro lieto fine. Sono comparsi per la prima volta nel mio libro *La promessa dell'alfa* nel 2016. Poiché sapevo che Mark sarebbe stato un paparino dominante, l'antologia Dirty Daddies è stata l'occasione perfetta per me per scrivere finalmente la loro storia e concludere la serie *Dominatori Alfa*.

Attenzione: questo libro racconta di un'eroina in fuga da un ex violento. Se questo argomento ti tocca particolarmente, per favore lascia stare!

Capitolo uno

olleen
Mi spogliai e mi tuffai nella piscina illuminata dalla luna ai piedi delle colline di Denver.

I miei figli e io eravamo stati lasciati qui a casa di un perfetto sconosciuto, un lupo del branco di Denver, che aveva giurato di proteggerci nel momento stesso in cui ci aveva incontrati. Il motivo per cui lo aveva fatto non era un mistero.

Avevo sentito il suo odore e il mio corpo si era rianimato. Immaginavo che anche lui avesse provato la stessa cosa.

Ma ci eravamo parlati a malapena perché era coinvolto in una specie di operazione antidroga ed eravamo stati portati nella sua casa sicura fino al suo ritorno.

La piscina a forma di rene era bellissima, con un aspetto da oasi naturale e una cascata nella vasca idromassaggio in un'estremità. C'era un freddo autunnale nell'aria, che faceva salire il vapore dall'acqua calda. La luna era bassa in un cielo stellato.

La percorsi sott'acqua per tutta la sua lunghezza, emergendo per riempire i polmoni. Non nuotavo da anni, ma stare in acqua mi rilassò un po' i nervi tesi.

Avevo preso i miei cuccioli ed ero scappata dal mio compagno violento nel Kentucky poco più di un mese fa, e ogni giorno ritrovavo un po' di me stessa. Probabilmente eravamo al sicuro qui, almeno per il momento.

Anche così, stavo nuotando per scaricare la mia ansia. Se Dirk, il padre stronzo dei miei cuccioli, in qualche modo ci avesse trovati, sarebbero stati guai. Ma non gli avrei permesso di trascinarci indietro, qualunque cosa potesse minacciare questa volta.

Non potevo pensarci. Dovevo credere che non ci avrebbe trovati qui, almeno non stasera.

Mi tuffai di nuovo sott'acqua e nuotai ancora per tutta la lunghezza della piscina prima di emergere per prendere aria. Quando lo feci, sussultai.

L'odore del mutaforma mi raggiunse subito: pelle, caffè e un maschio delizioso. Era a casa.

L'agente della DEA Mark Ruhl era in piedi sul bordo della piscina e mi fissava con un bagliore predatorio negli occhi. Lui era più vecchio di me di almeno dieci anni, forse di più, e sembrava incredibile nella sua uniforme, con le spalle larghe e i muscoli grossi e potenti che gli scendevano lungo le braccia.

Piegai le ginocchia per nascondere i seni nudi sotto la linea di galleggiamento e i nostri sguardi si incrociarono.

«Non devi avere paura di me, piccola lupa.» La sua voce aveva un tono da baritono ricco che mi fece venire i brividi lungo le spalle e la nuca. Rimbombava profondamente, con autorità, ma non era il tipo di tono di cui avevo imparato a diffidare. Era piuttosto quello che ispirava calore e sicurezza. Come l'autorità che pensavo esercitasse mio padre, prima che organizzasse il mio accoppiamento con Dirk.

Mark si accovacciò, gli occhi gli brillavano al chiaro di luna. Non disse nulla, si limitò a sostenere il mio sguardo in un modo che mi fece battere forte il cuore. «Hai paura?»

Il mio corpo si animò per la prima volta da anni. I capezzoli si tesero nell'acqua calda e brividi di calore mi scaldarono il cuore. Deglutii. «N-non di te» ammisi.

Arricciò leggermente gli angoli delle labbra. «Bene. Mi dispiace che tu sia stata lasciata qui da sola.» Gli angoli dei suoi occhi si incresparono. «Sono contento che tu stia nuotando. Vuol dire che ti senti al sicuro.»

Annuii. «È andato tutto bene con la retata?»

«Sì. Tutto bene.»

Feci roteare le mani sulla superficie dell'acqua e sentii i seni raffreddarsi mentre emergevano. Mi lasciai immediatamente cadere indietro.

Gli occhi di Mark assunsero un bagliore argentato e dilatò le narici. «Eri qui fuori per tentarmi, piccola lupa?»

Scossi la testa anche se ora che lo diceva mi chiedevo se non fosse stata la mia lupa a orchestrarlo. «Penso che sappiamo entrambi che questa attrazione tra noi...» Smise di parlare quando continuai a scuotere la testa, indietreggiando.

«Okay. Non sei pronta a sentirlo. Ovviamente no. Torna qui.» Mi fece cenno di avvicinarmi, ma io non mi mossi. Non mostrò alcun segno di irritazione. Invece, sembrò ammorbidirsi. «Ne hai passate tante, Colleen, troppe. So che sei ancora spaventata. Voglio solo che ti senta al sicuro in questo momento. Che tu sappia che mi prenderò cura di te e di quei cuccioli. Non lascerò che nessuno vi tocchi, te lo prometto.»

Gli credevo. Insomma, credevo alle sue intenzioni. Ma lui non sapeva quanto fosse potente Dirk, un alfa con un branco di almeno centocinquanta lupi. Né quanto fosse crudele.

E sì, sapevo che Mark Ruhl era il mio vero compagno predestinato. L'avevo capito nel momento in cui avevo sentito il suo odore. Anche ora, il mio umore si era risollevato standogli vicino, come il sole che esce dopo una tempesta infernale. Ma non potevo lasciare che mi marchiasse e mi rivendicasse come sua perché farlo avrebbe significato la condanna a morte di entrambi. Forse anche dei miei figli. Dirk era un vero psicopatico ed era potentissimo.

«Vieni qui» mi fece di nuovo cenno, e questa volta il mio corpo obbedì di sua spontanea volontà, creando piccole correnti mentre mi avvicinavo al bordo della piscina.

Lui allungò la mano verso di me e io non mi divincolai dalla sua presa, anche se era quasi uno sconosciuto e tutto ciò che avevo conosciuto negli ultimi dieci anni per mano di un maschio era stato il tormento. Il mio corpo riconosceva il suo padrone. La mia lupa voleva essere reclamata.

Dimostrò la sua forza da mutaforma tirandomi fuori dalla piscina per le ascelle come se fossi una bambina. L'acqua mi gocciolava dal corpo nudo, ma il freddo non mi toccava. Il vapore si sprigionava dalla superficie della mia pelle.

«Sto cercando con tutte le mie forze di non guardare, tesoro.» La sua voce era roca e bassa.

Mi mise in piedi e poi si chinò per raccogliere l'asciugamano che avevo lasciato sul bordo dell'acqua. Però guardò. Il suo sguardo caldo e affamato mi sfiorò il corpo mentre mi avvolgeva nella spugna, un ringhio basso gli risuonò in gola, il cazzo gli tendeva i pantaloni dell'uniforme.

Avrei dovuto avere paura. Avrebbe potuto avere difficoltà a controllare il suo lupo, il che significava che avrebbe potuto marchiarmi contro il mio consenso. Ma non ero altro solo eccitata e formicolante per lui. Inquieta e sfacciata.

Mi infilò i bordi dell'asciugamano sopra i seni. Gli occhi gli brillarono completamente d'argento: il suo lupo mi desiderava.

Tremavo, ma ancora non di paura.

Non aveva lasciato andare l'asciugamano, aveva ancora le dita infilate tra i miei seni, e lo usò per attirarmi più vicino. «Ti insegnerò a fidarti di me» mormorò, come se stesse facendo un giuramento. «Mi prenderò cura dei tuoi bisogni, bambina. Di tutti i tuoi bisogni.»

Respiravo affannata, dolcemente in stato di shock e cercai di fare un passo indietro, ma lui si aggrappò all'asciugamano, tenendomi vicina.

«Lascia che te lo mostri.»

Scossi la testa a scatti. «N-non posso.»

«Non prenderò nulla da te. Voglio solo dare, bambina.» Dilatò le narici mentre inalava il mio profumo. «Sento l'odore del tuo bisogno. Ti fa male tra quelle belle gambe, piccola lupa?» Mi fece camminare lentamente all'indietro.

Non avevo intenzione di rispondergli, ma era come se fossi sotto un incantesimo. Non del tipo che fa sì che il corpo di una lupa risponda fisicamente al predominio alfa. Qualcosa di più profondo e misterioso. Tremai annuendo. Sì.

Colpii con i polpacci una chaise longue e mi si piegarono le gambe. Mi sostenne con l'asciugamano.

«Lascia che ti baci, Colleen. Ho bisogno di assaporarti. Per favore, solo un assaggio per farmi superare la notte senza che tu venga reclamata.»

Feci un respiro profondo. Questo lupo non si tirava indietro. Ma il mio corpo capiva perfettamente. La mia lupa era disperatamente bisognosa di lui. Quindi mi sedetti, lasciando cadere l'asciugamano.

Mark non aspettò neanche due secondi prima di ritrovarsi in ginocchio davanti al divano, spingendomi le gambe larghe.

«*Questa figa*» lo sentii brontolare anche se non avevo idea di cosa intendesse. Non importava. Mi stava leccando dentro, mandandomi in orbita con ogni colpo esperto della lingua. Non mi era mai capitato prima, e i miei occhi rotearono all'indietro mentre ogni terminazione nervosa si animava.

Mi tracciò le labbra interne, mi penetrò con la punta della lingua. Mi spinse le ginocchia verso le spalle e mi leccò dall'ano al clitoride.

Era intimo e imbarazzante e incredibilmente piacevole. Ero ubriaca di sensazioni, dei suoi feromoni, del chiaro di luna.

Era la prima volta per me. A Dirk non era mai importato delle mie esigenze, ed era l'unico maschio che avessi mai conosciuto.

«Questa figa» ripeté Mark quando riemerse per prendere aria.

«Che ne dici?» Riuscii a dire con voce soffocata.

«È bellissima.» Abbassò di nuovo la testa e mi passò la lingua sul clitoride.

Gli passai le dita tra i capelli rasati, inarcai i seni verso il cielo notturno. «Mark.» Il mio grido strozzato sembrava appartenere a un'altra donna. Di sicuro non a me.

«Esatto, piccola. Vuoi venire sulla lingua di paparino?»

Si era chiamato *paparino*? La mia figa sgorgò in risposta. Era così eccitante e sbagliato e imbarazzante e, *per il destino*, sì, ero qui per questo.

«Vieni per paparino.»

Il mio corpo rispose immediatamente al comando perché sentii l'orgasmo iniziare, arricciando le dita dei piedi verso l'interno.

«Sì» dissi roca, con voce soffocata mentre affondava, e i miei muscoli si contraevano e pulsavano. Mi fece scivolare due dita dentro e le mie pareti si bloccarono intorno ad esse mentre mi lasciavo sfuggire un grido lamentoso.

Mi succhiò il clitoride mentre pompava le dita e mi provocava un altro orgasmo, questa volta così forte che strinsi l'interno delle cosce intorno alle sue spalle e i miei fianchi saltarono fuori dal divano.

Alzai lo sguardo verso le stelle mentre giravano, si spostavano e si riorganizzavano. Quando il cielo smise di muoversi, il mio corpo si afflosciò, il mio respiro scivolava dentro e fuori.

Mark si ergeva sopra di me e io sussultai perché i suoi occhi erano ancora argento puro e la fame cieca nella sua espressione poteva essere solo per me. «Non avere paura di me, piccola. Ti ho detto che non ti avrei presa. Non ti reclamerò finché non sarai pronta. Non finché non me lo chiederai. È una promessa.»

«Mark» mormorai. Era un lamento perché sapevo quanto dolore doveva provare a trattenersi.

Le mani del mio compagno tremarono mentre afferrava i bordi dell'asciugamano e me lo riavvolgeva con cura. «Vieni qui, bellezza.» Usò l'asciugamano per sollevarmi dolcemente in piedi. «Riesci a camminare?»

Lo fissai, sbalordita. Non avevo mai avuto nessuno che si prendesse così tanta cura di me. Mi fece venire voglia di piangere. Quando non risposi, mi prese in braccio, raccolse i miei vestiti da terra dove li avevo lasciati e me li passò.

L'alfa del branco di Denver ci aveva lasciati qui questa sera, aprendo la porta con un codice che Mark gli aveva dato. Ci aveva detto di sentirci a casa, ma non mi ero sentita a mio agio a mettere i bambini a letto finché Mark non fosse arrivato per dirci dove andare. I miei cuccioli dormivano entrambi sui divani in soggiorno, ma Jayden, il mio bambino di nove anni, si agitò al rumore del nostro arrivo e io mi irrigidii.

Mark mi mise subito in piedi, capendo chiaramente che non avrei voluto che Jayden ci vedesse in quel modo.

Il delirio del nostro momento rubato era svanito e il più familiare senso di urgenza e paura si insinuò di nuovo. Mi sistemai rapidamente i vestiti.

Mark prese in braccio Angie, la mia bambina di sei anni. Lei piagnucolò nel sonno, ma la testa le cadde pesantemente sulla sua spalla. «La porto di sopra» mi disse.

Ma Jayden non si sarebbe mai lasciato trasportare. La sua vita era stata dura quanto la mia. Lo svegliai dolcemente. «È ora di andare a letto, tesoro» dissi piano. «Dai.»

Si alzò rapidamente in piedi, sbattendo le palpebre con aria vigile. Il mio piccolo guerriero, che cercava sempre di proteggere me o la sua sorellina. Mentre salivo le scale, vidi il mio riflesso in uno specchio incorniciato e mi fermai a fissarlo. Sembravo più giovane di ieri, di almeno cinque anni. Più della mia età effettiva. La mia pelle, che era diventata giallastra e pallida per lo stress, risplendeva alla luce della lampada. Toccai il punto della bocca in cui mi mancavano due denti. Dirk me li aveva fatti saltare il giorno in cui l'avevo lasciato, e non erano più ricresciuti. Le mie naturali capacità di guarigione da mutaforma erano state soppresse a causa del trauma mentale ed emotivo in cui mi aveva tenuta.

Adesso mi facevano male le gengive e sentivo il bordo affilato dei nuovi denti che spuntavano.

Lasciai uscire il respiro in un soffio sorpreso. Era bastato un orgasmo.

Un orgasmo ottenuto grazie alla lingua del mio compagno, e avevo iniziato a guarire.

Sembrava troppo bello per essere vero, ma era così.

Non potevo lasciare che Mark Ruhl mi rivendicasse, non importava quanto facesse cantare il mio corpo.

Non avrei mai messo a repentaglio la sua vita in quel modo.

* * *

Mark

Non avrei mai voluto che il sapore di Colleen lasciasse la mia lingua. Soddisfare la mia compagna era la mia nuova missione nella vita. Non sapevo da dove mi fosse venuta quella cosa del *paparino*: le parole perverse mi erano semplicemente scivolate dalle labbra mentre la leccavo, ma mi era sembrato giusto. Come lupo alfa, ero sempre stato il dominante, ma questa era la prima volta che volevo proteggere e prendermi cura di una donna. Viziarla e assicurarmi che sapesse quanto era amata.

Che era mia. Tutta mia.

Ma non era pronta per questo... ancora. In questo momento era in modalità sopravvivenza, quindi dovevo farla sentire al sicuro e protetta.

Li condussi di sopra e aprii la porta della stanza degli ospiti. Non accesi la luce, per non disturbare la cucciola addormentata. «Voi tre potete restare in questa stanza, a meno che...»

«Andrà bene» disse velocemente, scivolando oltre me per tirare via le coperte del letto. Adagiai la bambina al centro, lei sospirò e si girò. Il bambino si infilò accanto alla sorella e chiuse gli occhi.

Non sapevo come avrei fatto a superare la notte senza di

lei che si trovava sotto il mio tetto, ma dovevo farlo. Doveva sentirsi al sicuro.

Avrei svuotato subito il mio ufficio e lo avrei trasformato in una stanza per i bambini, così che non si sentissero ospiti a casa mia. Volevo che sapessero che questa era casa loro adesso. Per un umano, poteva anche sembrare folle che io fossi disposto a riorganizzare la mia vita per tre persone che avevo appena incontrato, ma per un lupo, non c'erano dubbi. Avevo trascorso quarant'anni pensando che fosse improbabile che avrei mai trovato la mia compagna predestinata. Ero andato ai giochi dei mutaforma quando avevo vent'anni, come ci si aspettava, ma quando il mio alfa mi aveva chiesto di fare da esecutore del consiglio, avevo smesso di cercare.

Andai verso l'armadio della biancheria e tirai fuori una pila di asciugamani che portai a Colleen. «Il bagno è proprio lì. Penso di avere qualche spazzolino da denti non aperto nel cassetto in alto a destra.»

«Grazie.» Non mi guardò mentre metteva a letto i bambini.

Aveva bisogno di silenzio e privacy, ma non riuscii a lasciare la porta. Volevo stringerla tra le braccia e lenire la preoccupazione che era tornata sul suo viso.

«Vieni qui» dissi dolcemente. Non volevo darle ordini, ma avevo abbastanza alfa in me che quasi tutto usciva in quel modo.

Mi scivolò accanto per fermarsi nel corridoio. Uscii dalla camera da letto e chiusi la porta.

«Posso chiedere a Cody di fare le valigie a Colorado Springs» le offrii a bassa voce, così da non svegliare i bambini che dormivano. Cody era l'alfa del piccolo branco di lì. Colleen aveva vissuto lì e aveva cercato il suo aiuto ieri dopo che Jayden era stato investito da un'auto.

Per un mutaforma, non era un problema un incidente, ma piuttosto che gli umani assistessero a una guarigione spontanea che avrebbe causato delle incomprensioni. Cody li aveva tirati fuori dall'ospedale prima che Jayden venisse dimesso e poi l'aveva portata a casa sua nel caso in cui il rapporto dell'ospedale avesse attivato l'invio di informazioni al suo ex. Ero a Colorado Springs per una retata per droga e li avevo incontrati lì. Poiché il branco di Cody non sarebbe stato abbastanza forte da respingere i numeri più grandi del branco dell'ex di Colleen se fossero venuti a prenderla, aveva chiesto aiuto al branco di Denver e mi ero subito offerto volontario come protezione personale.

Colleen scosse la testa. «Non avevamo molto lì. Solo un materasso e qualche capo di vestiario.»

Digrignai i denti, inorridito dal modo in cui aveva vissuto la mia compagna. «Allora vi porto a fare shopping domani, per prendere vestiti nuovi e articoli da toeletta. Tutto ciò di cui avete bisogno.»

«Grazie.»

Il suo profumo di cannella mi riempì le narici, agitando il mio lupo. «Cody mi ha detto che hai bisogno di protezione dal tuo...» Non riuscii a pronunciare la parola *compagno* perché lei apparteneva a me. Ma un altro maschio l'aveva ovviamente reclamata. Più volte e in modi brutali, a giudicare dalle cicatrici non guarite sulla sua spalla. Qualcosa aveva influenzato la sua capacità di guarire, senza dubbio lo stress di ciò con cui aveva convissuto.

«Il nostro alfa» aggiunse.

Cercai di non mostrare la mia rabbia per il fatto che qualsiasi maschio ritenuto degno di guidare un branco avrebbe fatto del male anziché proteggere chi era più debole di lui.

«E pensi che porterà l'intero branco quando arriverà?»

Scosse la testa. «Forse no. Non ho contattato Cody fino a ieri, quando Jayden è stato investito da un'auto e siamo dovuti andare in un ospedale per umani. Avevo paura che avrebbe attivato una sorta di notifica se avesse presentato una denuncia di scomparsa.»

«Giusto. Verificherò lunedì quando andrò al lavoro. Posso accedere a quel tipo di registri. Ma non voglio che tu debba più nasconderti, tesoro. Sarebbe meglio avvisarlo che sei qui e sotto la protezione del branco di Denver.»

«No» disse immediatamente.

Un ringhio mi si sciolse in gola, facendola sussultare.

Allungai la mano e le toccai il braccio. «Mi dispiace, piccola. Non sto ringhiando a te. Non volevo ringhiare.»

Abbassò la testa per mostrare sottomissione alla maniera del lupo, e avrei voluto darmi un pugno in faccia.

«Puoi dirmi perché non vuoi liberarti di lui?»

Scosse la testa. «Non voglio una guerra tra branchi per me. Non conosco nemmeno il tuo branco, non è giusto chiedervi di proteggermi.»

Cercai di reprimere il mio bisogno primordiale di fare a pezzi i suoi nemici arto per arto e di adagiarli ai suoi piedi. Espirai lentamente per tenere sotto controllo la mia violenza. «È giusto chiederlo» dissi semplicemente. Sapevo che non voleva sentirmi dichiarare che era la mia compagna, quindi non lo dissi per ora, ma ero certo che capisse cosa intendevo. Non riuscivo a decidere se non mi credesse, non fosse d'accordo o semplicemente non fosse pronta a contemplare un nuovo compagno, ma per il momento dovevo essere paziente e prendere le cose con calma.

«C'è qualcosa che dovresti sapere su di me» dissi, sperando che ciò che le stavo per dire non la spaventasse ancora di più.

Si irrigidì.

«Non sono solo nelle forze dell'ordine umane. Sono un esecutore del consiglio dei mutaforma.» In sostanza, significava che avevo una pistola con proiettili d'argento e una licenza per uccidere. Quando i mutaforma si mettevano dalla parte sbagliata della legge umana o se diventavano un pericolo per la nostra specie, il consiglio poteva stabilire che un mutaforma dovesse essere abbattuto. Io ero il tizio che eseguiva quelle disposizioni. Era un ruolo segreto, istituito per la protezione delle nostre famiglie, molto simile al boia incappucciato del Medioevo. «È un lavoro che lascerei nel momento in cui avessi una compagna.» Le lanciai un'occhiata di traverso per vedere come era andata. Avevo bisogno che sapesse che non avrei messo a rischio la nostra famiglia. Ma volevo anche che capisse che ero ben equipaggiato per occuparmi dei guai. «Voglio solo che tu sappia che se le cose si complicano, posso gestirle.»

Lei prese fiato e lo lasciò uscire lentamente. «Buono a sapersi.»

Mi concessi un momento di sollievo per non averla spaventata di più con la mia ammissione.

Le cullai il viso con una mano, sfiorandole la guancia con il pollice. «Stai bene?»

Si spostò in avanti, quasi appoggiandosi a me, ma non del tutto. «Sì. Grazie.» Tenne lo sguardo basso in quella vecchia sottomissione al dominio tipico del lupo.

Le spostai il viso verso l'alto. «Guardami, piccola. Voglio quei begli occhi sul mio viso. Non ho bisogno che tu mi mostri deferenza.» *Sei la mia fottuta compagna.*

Nel momento in cui i nostri occhi si incrociarono, un ronzio di elettricità mi attraversò. Sentii di nuovo la sua eccitazione e riuscii a malapena a trattenere un gemito. Avrei dovuto darle la buonanotte, ma esitai ancora. «Hai bisogno di qualcosa?»

Una lunga e dura scopata?

I miei denti nella tua spalla?

Probabilmente no.

«Solo di un po' di sonno.»

Giusto. Dormire.

Volevo baciarla, tanto, ma sapevo che aveva bisogno di spazio. Mi accontentai di piazzarle un bacio sulla fronte. «Buonanotte, piccola lupa.»

«Buonanotte.» Incrociò il mio sguardo, ma il suo era quasi intimidito.

Aspettai che si chiudesse la porta alle spalle prima di costringermi a percorrere il corridoio e andare in camera mia.

Sarebbe stata una lunga notte.

* * *

Colleen

Trovai uno spazzolino da denti dove Mark mi aveva detto che sarebbero stati e mi lavai i denti e la faccia, fissandomi ancora un po' allo specchio, assorbendo i cambiamenti nel mio aspetto. Sembravo più giovane. Molto più carina. Quasi normale. Trovai un pettine e trascorsi un po' di tempo a passarlo tra i capelli.

Sentii scorrere la doccia nel bagno di Mark.

Tornata nella camera degli ospiti, i miei due cuccioli stavano già dormendo profondamente. Mi tolsi le scarpe e camminai per la camera, esaminando le cose. La stanza era essenziale, niente di personale sulla cassettiera. Alle pareti c'erano paesaggi acquerellati di buon gusto di scene del Colorado. Sembravano tutti dello stesso artista. Mi avvicinai per esaminare la firma su uno. Jeanne Ruhl. Sua madre? Sorella?

Avrei voluto andare a chiederglielo. Non avrei dovuto sentire la mancanza della vicinanza di uomo che avevo appena incontrato, ma mi mancava.

Guardami, bambina.

Amavo il modo in cui mi parlava: quella voce profonda così roca, carica di sesso e desiderio. Era un maschio grosso, robusto, con muscoli solidi che sporgevano sotto l'uniforme. Volevo vederlo anche senza. Il che era un pensiero folle, considerando che non mi ero mai interessata a un maschio. Mi ero accoppiata con Dirk troppo giovane per voler pensare di nuovo ai maschi.

Iniziai a slacciare i jeans e a toglierli, e poi prese piede un'idea folle. Riabbottonandoli, aprii la porta e camminai lungo il corridoio. Il rumore della doccia era cessato. «Mark?»

La porta si aprì immediatamente. I suoi capelli corti erano bagnati e indossava una morbida maglietta azzurra e un paio di boxer.

«Di cosa hai bisogno, tesoro?»

Di te. Stare di nuovo vicino a lui mi accendeva e mi calmava. Il suo profumo di caffè e cuoio permeava la stanza. Volevo di più di quello che mi aveva dato sulla chaise longue. Un assaggio di qualcosa di carnale e bello che non avevo mai provato prima.

«Ehm, hai una maglietta con cui potrei dormire?» Non era una scusa. Potevo giurarlo. Non lo era. Volevo solo togliermi questi vestiti e non avevo altro da indossare.

«Certo.» Mi guardò negli occhi mentre si sfilava quella che indossava, facendomi fare dei salti mortali nella pancia. Il suo petto sembrava ancora più largo senza il drappeggio di tessuto sopra, era gonfio di muscoli e cosparso di morbidi riccioli scuri. L'impulso di passarci le unghie sopra mi fece tremare le dita.

Mi leccai le labbra e il suo sguardo seguì il movimento, i suoi occhi divennero argentati. Feci fatica a deglutire mentre mi porgeva la maglietta. «Grazie.» Non riuscii a muovermi per togliergliela di mano. Per tornare indietro lungo il corridoio. Tutto quello che potevo fare era fissare l'uomo meraviglioso in piedi di fronte a me.

«Ti piace quello che vedi, bambina?» Il suo profondo brontolio mi travolse, facendomi tremare tutte le terminazioni nervose.

Temendo di cadere in avanti, tra le sue braccia, nella sua camera da letto, gli strappai la maglietta dalla mano tesa e tornai velocemente nella mia stanza. Quando fui alla porta, mi fermai e mi guardai alle spalle, sapendo che non si era mosso, percependone lo sguardo sulla mia schiena. «Sì» ammisi, prima di aprire la porta e scivolare dentro, con il cuore che mi batteva forte.

Sentii un basso brontolio da parte sua mentre chiudeva la porta. Un ringhio, ma non del tipo minaccioso.

Lui mi voleva.

Dirk non mi voleva. Usava il sesso come un'altra forma di violenza. Era una crudeltà, non lo faceva per il piacere di nessuno dei due.

E non volevo pensare a Dirk. Mi spogliai fino alle mutandine e infilai la maglietta larga di Mark, lasciando che il suo profumo mi avvolgesse. Sapevo che mi aveva dato questa maglietta apposta. In modo che avessi il suo odore. Stava cercando di innescare la risposta del mio corpo. Di mostrarmi che era il mio compagno.

Come se non lo sapessi già.

Capitolo due

Mark

Mi svegliai tardi, il che non era per niente da me, ma avevo passato l'intera notte a scoparmi il pugno. Avere la mia compagna sotto il mio tetto, che dormiva nella camera degli ospiti, aveva fatto impazzire il mio lupo. A rendere le cose impossibili, sapevo che anche la mia compagna si stava toccando. Avevo sentito la sua eccitazione e avevo sentito il suo respiro accelerato e i suoi movimenti irrequieti attraverso la porta, e sapere che probabilmente era bisognosa quanto me mi aveva fatto impazzire.

Alla fine, mi ero addormentato mentre il sole stava sorgendo e avevo dormito per qualche ora.

Ora, l'odore di qualcosa di dolce proveniva dalla mia cucina. Indossai un paio di jeans e uscii nel corridoio mentre mi infilavo una maglietta dalla testa. Sentii il leggero russare dei suoi cuccioli che proveniva ancora dalla camera degli ospiti.

Scesi le scale e il cazzo divenne orizzontale, o il più orizzontale possibile intrappolato com'era dietro i jeans, per quello che trovai in cucina. Colleen ea in piedi con un paio di mutandine e la maglietta oversize che le avevo dato per dormire, mentre girava il pane francese in una padella. Ieri sera, quando mi ero chiuso a chiave in camera per non irrompere nella sua stanza e aiutarla a ottenere soddisfazione, avevo deciso di prenderla con calma oggi. Non sapevo tutto quello che aveva passato, ma potevo dire che la mia compagna era terrorizzata da molto tempo.

Non era pronta a fidarsi e non sapeva niente di me. Solo perché la nostra biologia ci diceva che eravamo destinati a stare insieme non significava che fosse disposta o pronta ad accettarlo.

Ma vedendola così, cogliendo le note terrose di cannella del suo delizioso profumo, l'aggressività prese il sopravvento. Il mio bisogno di darle piacere, accoppiarmi con lei, marchiarla era tutto ciò a cui riuscivo a pensare.

«Oh, piccola» brontolai, avanzando contro la sua schiena e riempiendomi un palmo con la curva del suo culo. Le avvolsi l'altro braccio intorno alla vita per tenerla prigioniera contro il mio petto. «Dovrei sculacciare questo splendido culo per il modo in cui mi stai provocando in questo momento.» Le massaggiai le natiche rotonde, incapace di fermare il basso brontolio nel mio petto. «Stamattina sei così deliziosa.» Le mie dita scivolano sotto le sue natiche per sfiorare le parti più intime.

Il profumo della sua eccitazione inondò l'aria e lei gettò la testa all'indietro sulla mia spalla. Forse non era emotivamente pronta per me, ma il suo corpo conosceva già il suo padrone. Feci scivolare la mano lungo la parte anteriore delle mutandine per immergere un dito nella sua umidità. «Ti piacerebbe, piccola?» le mormorai all'orecchio. «Hai bisogno che il tuo paparino lupo ti tolga queste mutandine e ti sculacci il culo fino a farlo diventare rosso?»

Gemette dolcemente.

«Te lo meriteresti subito dopo la notte che ho passato io. Ho dormito a malapena con il tuo profumo che aleggiava nella mia casa come una droga.» La fica succosa si strinse intorno al mio dito. Il cazzo premette contro la sua schiena, morendo dalla voglia di entrare in azione. Cinquanta modi diversi di prendere la mia piccola lupa mi affollarono la testa: piegata sul bancone, sul tavolo con le gambe divaricate, a cavalcioni sulle mie spalle per un giro con la bocca. Ero così preso dai suoi piccoli gemiti di piacere e dalla gloriosa sensazione della sua pelle scivolosa sotto il polpastrello del mio dito che non riuscii a percepire il rumore del movimento dietro di noi.

«Lasciala stare!» ordinò una voce piccola ma feroce. Colleen sussultò. La rilasciai e mi girai di scatto per trovare Jayden in piedi in fondo alle scale, con gli occhi blu-verdi spalancati e spaventati, nonostante la rabbiosa espressione delle sopracciglia. Inspirai profondamente per respingere il mio lupo lussurioso, che probabilmente si vedeva dal colore dei miei occhi.

«*Jayden*» protestò Colleen. Un rossore le colorò le guance di una bella tonalità, facendole risaltare gli occhi, che avevano le stesse sfumature di quelli del figlio.

«Va tutto bene.» Le avvolsi la nuca e le accarezzai il collo con il pollice. A Jayden dissi: «Sta bene. Non le ho fatto del male. Non farei mai del male alla tua mamma.»

«Scusati» ordinò Colleen a Jayden.

«No» intervenni, poi feci marcia indietro. «Cioè, non sto cercando di ignorare il tuo ruolo di genitore, ma non ho bisogno di scuse. È protettivo nei confronti della sua mamma, è così che dovrebbe essere.»

Il bambino sembrò incerto, ma poi dovette vedere qualcosa sul viso della madre perché la paura svanì. «Mamma, i tuoi denti!» esclamò.

Colleen si passò la punta della lingua sui denti superiori e sorrise. «Sono cresciuti durante la notte.» Il cuore iniziò a battermi forte nel petto, il bisogno di vendicare i crimini contro di lei si scontrava con la soddisfazione che provavo per il fatto che il suo corpo fosse tornato alla normalità così in fretta. Un orgasmo dal suo compagno era stato tutto ciò che ci era voluto.

Chissà cosa le avrebbe fatto il mio sperma. Cercai di scacciare quel pensiero sporco dalla mia mente.

«Fammi vedere» gridò Angie, correndo giù per le scale. Gettò le braccia intorno alla vita di sua madre e alzò lo sguardo verso il bel sorriso di Colleen.

Le strinsi la nuca prima di lasciarla andare. «Faccio un'altra doccia fredda» mormorai.

A questo punto, non ero certo che neanche un secchio di ghiaccio avrebbe potuto rinfrescarmi. Lasciai che Colleen desse da mangiare ai cuccioli e tornai di sopra per entrare nella doccia. Una volta lì, mi afferrai il cazzo, chiusi gli occhi e appoggiai la fronte contro le piastrelle fredde mentre l'acqua fredda mi inzuppava la schiena. Mi masturbai immaginando le gambe di Colleen, la maturità della sua dolce fica, ma qualcosa non mi permise di venire. Il che era un grosso problema. Non c'era modo che potessi starle vicino se non riuscivo a liberarmi da un po' di questa furiosa lussuria.

Gemetti, sbattendo la testa contro le piastrelle e stringendo il cazzo ancora più forte.

Il suo profumo riempì magicamente la doccia come se fosse evocato dalle mie fantasie, mescolandosi al vapore.

Mark. Sentii il mio nome pronunciato con la sua voce, il suono mi fece impazzire.

No, un attimo. Spalancai gli occhi e lasciai il cazzo, girandomi su me stesso.

Era in piedi nel mio bagno, senza maglietta, con indosso solo un paio di mutandine. Aprii la porta della doccia, ma lasciai scorrere l'acqua per attutire i versi che speravo fossimo in procinto di fare. I bambini avevano l'udito acuto dei mutaforma, ma li sentivo giocare di sotto e il rumore della doccia avrebbe coperto la nostra attività.

Uscii, gocciolante. «Sei venuta per la tua sculacciata, bambina?»

Le si rizzarono i capezzoli, i lunghi capelli le cadevano su una spalla. «Sì.»

Adoravo la nuova sicurezza che mostrava. Come se capisse quanto potere aveva su di me. Che non doveva avere paura.

Avrei voluto andarci piano - *intendevo* andarci piano - ma ero troppo fuori di testa per la lussuria. Mi lanciai contro di lei, senza prendermi il tempo di asciugarmi o di essere gentile. Le afferrai i fianchi e la feci girare verso il ripiano. «Piegati, tesoro» le dissi bruscamente.

Per qualche miracolo, non aveva ancora paura. Ci mise le mani sopra e spinse fuori il suo bel culo. Le accarezzai le mutandine. Erano pratiche, semplici, di cotone, grigio mélange.

«Meglio che te le lasci addosso, altrimenti faremo troppo rumore» le dissi appena prima di alzare la mano e schiacciarla su un lato del suo culo.

Emise un verso di approvazione, *uhhnn*, e fu tutto ciò di cui ebbi bisogno per continuare. Le diedi una pacca forte e veloce con una mano mentre l'altra scendeva lungo la parte anteriore delle sue mutandine e le strofinava il clitoride.

«Mark!» sussultò, il suo bottoncino si gonfiò sotto la punta del mio dito, la figa perdeva i succhi più deliziosi.

«Dillo di nuovo» le ordinai, sculacciandola più forte. «Chi è il tuo paparino?»

Premette le dita sulla parte superiore delle mie con un lamento disperato. «Sei tu. Mark. Sei il mio paparino.»

Oh, destino, stavo per perdere la testa. Avrei perso il controllo e affondato i miei denti in lei. Ma nel momento in cui posai lo sguardo sulla sua spalla e seguii le cicatrici lasciate dal suo ex stronzo, ripresi il controllo.

I denti le erano ricresciuti, ma quelle cicatrici non erano ancora guarite, il che significava che erano profonde. Avrei fatto fuori quel suo ex compagno alfa stronzo per quello che aveva fatto a Colleen e ai suoi cuccioli.

E non avrei tradito la sua fiducia. Mai.

Incanalai il mio bisogno nel darle delle sculacciate più forti e veloci, sapendo che una lupa *amava* un po' di dolore con il suo piacere, ricordando come la sua figa si era fusa quando l'avevo minacciata di sotto.

Le affondai due dita dentro con l'altra mano, prendendole il monte di Venere e premendo sul clitoride gonfio.

«Per favore» supplicò, e smisi di sculacciarla, nel caso in cui stesse implorando pietà. «No» disse rapidamente. «Non fermarti. Ne ho bisogno, per favore.»

«Di cosa hai bisogno, piccola?» Spinsi le dita più in profondità dentro di lei mentre le stringevo e impastavo il culo.

Si girò per guardare oltre la sua spalla, e lo sguardo cadde sulla mia erezione.

«Vuoi una lunga, bagnata cavalcata sul mio cazzo, piccola?»

Si leccò le labbra, facendomi gemere. «Sì, per favore.»

Sì, per favore. Che ragazza.

Aprii un cassetto e trovai una scatola di preservativi, ne

infilai uno mentre la mia bellissima lupa si divincolò dalle mutandine. Per il destino, speravo di riuscire a controllarmi.

Ma Colleen si fidava di me, e questo mi fece desiderare ardentemente di essere degno di quella fiducia. Sapevo che non poteva essere facile per lei. Trascinai la cappella del mio cazzo inguainato nei suoi succhi. «È questo che ti serve, tesoro? Il cazzo del paparino?»

«Sì, per favore.»

Le spinsi la parte bassa della schiena per inclinare di più il suo culo, poi mi spinsi dentro, riempiendola. Dovevo fermarmi, chiudere gli occhi e reprimere il bisogno di marchiarla. I miei denti erano lunghi e allungati in bocca, gocciolanti del siero che conteneva il mio odore, che l'avrebbe marchiata per sempre come mia.

«Per favore» implorò.

Fanculo.

Avvolsi il braccio attorno alla parte anteriore dei fianchi per evitare che sbattessero contro il duro bancone, e poi la perforai come se le nostre vite dipendessero da questo. Forse era così. Trovai uno dei capezzoli con la mano libera e lo strinsi e lo pizzicai. «Tesoro» gracchiai. Essere dentro di lei mi stava provocando sensazioni folli.

Niente mi era mai sembrato così giusto. Il bisogno di soddisfarla, di soddisfare me stesso mi travolse.

«Sì!» dapprima sussurrò, poi urlò, con gli occhi chiusi. La vista della sua espressione allo specchio mentre stava per raggiungere l'orgasmo mi fece perdere la testa.

Trattenni il mio ruggito mentre la scopavo forte e veloce, spostando la mano tra le sue gambe per strofinarle il clitoride. Aprì la bocca in una "O" silenziosa e i suoi muscoli iniziarono a stringersi attorno al cazzo. Ci entrai con forza e restai lì, strofinandole il clitoride e guardando nello specchio mentre entrambi ci precipitavamo oltre il limite verso l'estasi.

Buttai indietro la testa, ma ritornai avanti e il tempo si confuse quando realizzai che stavo per marchiare la mia femmina. Riuscii a coprirle la spalla con il palmo della mano appena prima di colpire, conficcando le zanne nel dorso della mia mano.

«Oh!» Il grido di sgomento di Colleen mi fece ritrarre e fare un passo indietro.

Si girò di scatto, dilatò le narici all'odore del mio sangue. Spalancò gli occhi quando vide le ferite che mi ero autoin-flitto. «Mark.»

«Mi dispiace, tesoro. È successo così in fretta che pensavo di avere tutto sotto controllo.»

Mi afferrò la mano e la esaminò, aggrottando le soprac-ciglia. «Ti sei morso... hai morso *te stesso*.»

«Beh, sì. Non ti avrei morsa. Non senza il tuo permesso.»

Ora si era irrigidita. Si notava la tensione nella posi-zione delle sue spalle. «Non puoi marchiarmi. Né ora, né mai.»

* * *

Colleen

Mark non mostrò nulla di esteriore, ma avvertivo il suo dolore come un coltello affilato nello stomaco. Mi aspettavo che se ne andasse. O che cercasse di farmi male. O che facesse una qualsiasi delle cose normali che le persone fanno quando le respingi, ma invece mi prese per la vita e mi fece sedere sul ripiano del bagno.

«Perché no, piccola?» Mi intrappolò tra le sue braccia, appoggiando le mani sul quarzo.

Cercai di deglutire il nodo che avevo in gola.

«Non lo voglio.» Maledissi il tremito nella mia voce.

Mi prese entrambi i lati del viso, cullandolo così delicatamente che mi venne da piangere. Abbassando la testa verso la mia, mormorò: «Sai che sono il tuo compagno.»

Le lacrime mi sgorgarono dagli occhi. «Non so niente.» Mi tremavano le labbra, a pochi centimetri dalle sue.

«Stai mentendo.» Non fu altro che un sussurro. Stava cercando di farmi essere onesta, ma non riuscivo proprio ad assecondarlo. Non era sicuro. Non per lui, non per me, non per i miei cuccioli.

Voltai il viso dall'altra parte, ma lui lo riportò dolcemente indietro.

Nessuno mi aveva mai tenuta così teneramente. Mi aveva toccata con tanta riverenza. Il sesso era stato incredibile, ma questo? Mi sventrava.

«Lascia che mi prenda cura di te, bambina.»

Bambina. Si era chiamato paparino prima, dopo avermi sculacciata. Non sapevo nulla di questa dinamica, ma sia il mio corpo che il mio essere rispondevano come se avessi appena trovato casa.

Le lacrime continuavano a sgorgarmi dagli occhi. Piangevo perché non potevo accettare la sua offerta, non importava quanto lo volesse. Non finché non mi fossi liberata in qualche modo da Dirk.

Mi asciugò le lacrime con il pollice. «Per favore.»

Abbassai la testa e tornai a ciò che sapevo fare, ovvero mostrare deferenza all'alfa. «Posso fare una doccia adesso?»

Intuii il suo cipiglio prima di vederlo. Mi studiò per un momento, gli angoli della bocca rivolti verso il basso. Ero sicura che se ne sarebbe andato, ma ancora non lo faceva.

Mi prese dal ripiano e mi portò nella doccia, dove mi abbassò delicatamente in piedi e iniziò a insaponare ogni centimetro del mio corpo.

Piansi per la dolcezza. Le deliziose carezze. Avere il mio compagno nudo in un piccolo spazio con me. Mi tremavano le gambe mentre lui faceva scivolare le mani lungo la parte interna delle cosce, accarezzando dolcemente quando raggiunse l'apice. Mi baciò tra le gambe, ma non mi portò all'orgasmo come aveva fatto in piscina ieri sera. Invece, continuò la lenta tortura che era l'adorazione del mio corpo.

«Non ci conosciamo, piccola. Ma so che sei mia. E sono sicuro che lo sai anche tu. Lasciami entrare, tesoro.»

«Per favore» piagnucolai. Perché mi stava uccidendo. Perché volevo così tanto dirgli di sì. Volevo essere sua, lasciare che mi marchiasse, si prendesse cura di me, mi chiamasse piccola e mi trattasse con passione e tenerezza.

Lui si alzò e mi avvolse con le braccia, facendo scivolare le dita nella fessura del mio culo, insaponando la mia parte più intima. «Non ti credo» disse. Quando cercai il suo sguardo per capire a cosa non credesse, disse: «Non credo che tu voglia che mi tiri indietro. Ma lo farò, piccola. Perché ho bisogno che tu ti senta al sicuro. Ho bisogno che tu sappia che rispetterò i tuoi desideri.» Per tutto il tempo in cui parlò, mi passò le dita sull'ano, insaponandomi tra le natiche.

Piagnucolai. I miei seni nudi premevano contro il suo torso muscoloso. Feci scorrere le labbra sui morbidi peli del suo petto.

Abbassò le dita e le fece scorrere tra le mie gambe. «Sto tenendo il conto delle tue bugie, piccola.» Le sue dita sfiorano la mia apertura. Mi strinsi più forte a lui, sperando che mi prendesse di nuovo. «Ci sarà una resa dei conti.»

Il modo in cui lo disse fece sembrare la punizione più

una deliziosa ricompensa. Certo, avevo appena scoperto cosa si provava a essere sculacciata da lui, e l'avevo adorato.

Sollevai il viso, lasciando scorrere l'acqua su di esso. «Che tipo di resa dei conti?» Quasi non riconobbi la mia voce, sembrava così roca.

Spostò il dito di nuovo sul buco del culo e ci girò intorno. «Il tipo che finisce con questo splendido culo rosso e caldo e il mio cazzo sepolto in profondità tra queste natiche.»

Ebbi quasi un orgasmo proprio lì. Solo per la minaccia di punizione, che suonava molto più come una ricompensa che altro. Mi abbassai per prendermi cura dei miei bisogni, dato che sembrava più incline a stuzzicare, ma mi afferrò il polso. «Uh uh. Non quando sei stata cattiva, piccola lupa. Niente più piacere per te finché non decido che puoi venire.»

Un mini-orgasmo mi attraversò e rabbrividii contro di lui, trattenendo il respiro.

Mark ridacchiò cupamente. «Questo va sul tuo libro mastro, piccola. Disobbedienza.» Mi liberò e mi posizionò lontano dal getto d'acqua per lavarmi i capelli. Chiusi gli occhi, troppo stordita dalla lussuria e dalla confusione per fare altro. Quando ebbe finito, chiuse l'acqua e mi avvolse in un asciugamano caldo e soffice.

«Andremo da Target a comprare vestiti e beni di prima necessità per voi tre oggi» mi disse.

Annuii, non fidandomi di essere in grado di parlare.

«E poi, vorrei portare i cuccioli a fare qualcosa di divertente. Gli potrebbe piacere un parco divertimenti? O un minigolf?»

Lo fissai. Entrambe le opzioni mi sembravano stravaganti. Così stravaganti che quasi ridacchiai. Non era il momento per un parco divertimenti. Dovevo tenere i miei figli nascosti al loro padre psicopatico. Eppure, l'idea di negare ai miei figli una tale stravaganza sembrava crudele. La nostra vita in Kentucky con Dirk era stata orribile, ma trasferirci e restare in fuga non era stata una passeggiata. Mia sorella mi aveva dato abbastanza soldi per andarmene, ma poiché Dirk era un alfa, avevo paura di chiedere aiuto ad altri mutaforma.

Cody, l'alfa di Colorado Springs, ci aveva trovati per caso e mi aveva dato soldi e il suo aiuto, ma fino ad allora, avevamo fatto fatica anche solo a mangiare.

Forse avremmo potuto divertirci un po'. Solo questa volta. Sapevo che non potevamo restare qui con Mark, non in modo permanente. Questo era solo un posto per del riposo temporaneo mentre aspettavo di vedere se Dirk sapeva dove mi trovavo e se stesse venendo a cercarci. Probabilmente saremmo dovuti scappare di nuovo. Forse presto.

«Sarebbe bello» gli dissi.

Abbassò la testa e mi sfiorò le labbra. Fu un'altra presa in giro perché non ricevetti un vero bacio. Mi mise l'asciugamano intorno, mi girò e mi diede una pacca sul sedere per mandarmi fuori dalla porta del suo bagno.

Gli feci un piccolo sorriso alle spalle mentre tornavo di corsa al bagno degli ospiti dove avevo lasciato i vestiti di ieri. Li indossai e aprii la porta della camera degli ospiti.

Jayden e Angie stavano giocando a carte a Kings on the Corners sul letto. «Vai a fare una doccia» dissi a Jayden. «Mark ci porterà a fare shopping e poi a fare qualcosa di divertente.»

«Cosa?» chiese Angie mentre Jayden si alzava di corsa dal letto.

«È una sorpresa. Lascerò che ve lo dica lui» dissi. «Ti piacerà.»

«Che cosa? Che cosa?» Angie iniziò a saltellare su e giù sul letto mentre mi infilavo i vestiti.

«Non farlo!» dissi automaticamente, quella familiare scarica di adrenalina che entrava in azione, i miei nervi sfilacciati che si scatenavano in una paura protettiva. «Non saltare sul letto, angelo.»

«Può saltare.» Mark si sporse sulla porta, vestito con una maglietta nera che si adattava ai suoi muscoli e un paio di jeans sbiaditi. Sembrava peccaminosamente bello, ma più di questo, il suo sorriso indulgente mentre guardava Angie mi fece di nuovo venire gli occhi lucidi.

Ma era troppo tardi. Angie aveva sentito la paura nella mia voce ed era scesa dal letto per incollarsi al mio fianco. «Qual è la sorpresa?» mi sussurrò.

Mark le fece l'occhiolino. «Aspetterò che tuo fratello esca dalla doccia, e poi potrete votare.»

«Siamo solo in due» disse Angie, scaldandosi con Mark molto più velocemente di quanto mi aspettassi. «Chi avrà il voto definitivo?»

«Tua madre» disse immediatamente Mark, spingendosi via dallo stipite della porta e scendendo le scale.

Il mio bisogno di seguirlo, di stare vicino alla calda sfera di energia che proiettava mi fece dondolare sui piedi. Ma avevo bisogno di chiamare mia sorella, per scoprire se avesse sentito qualcosa su di noi dal branco di mio padre.

Portai il mio telefono usa e getta nel cortile di Mark per chiamare Meagan. Lui mi guardava attraverso la finestra, come se avesse paura di staccarmi gli occhi di dosso, ma non mi sembrava un gesto di controllo. Solo protettivo.

Lasciai che Angie uscisse con me e lei iniziò a raccogliere le foglie cadute, esaminandole e confrontandone i colori.

«Pronto?» Era un nuovo numero, quindi mia sorella non lo riconobbe.

«Puoi parlare?»

«Aspetta un attimo.» Sentii il rumore di una porta e i passi di mia sorella che scricchiolavano sulle foglie. La immaginai uscire dalla porta sul retro della piccola baita che condivideva con il suo compagno e due cuccioli e muoversi verso il bosco. «Okay, ora posso. Come va?»

«Hai sentito qualcosa? Di me, intendo?»

Meagan faceva ancora parte del branco di nostro padre, il secondo branco più grande del Kentucky. Era rimasta a casa e si era accoppiata con il suo fidanzato del liceo dopo essere rimasta incinta. Non erano compagni predestinati, ma si amavano ed erano una bella coppia.

Il branco più grande del Kentucky apparteneva a Dirk, motivo per cui mio padre mi aveva offerto di accoppiarmi con lui in una specie di unione medievale dei regni. Le cose erano state orribili fin dall'inizio, ma non ero riuscita a dirlo a mio padre perché Dirk mi aveva detto che lo avrebbe ucciso e avrebbe preso il controllo del suo branco se mai lo avesse sfidato.

«No, va tutto bene?»

Tirai un sospiro di sollievo. «Bene. Sì. Be', no. Jayden è stato investito da un'auto ed è stato portato in ospedale, sta bene, ovviamente, ma avevo paura che la notizia potesse in qualche modo arrivare a Dirk se avesse sporto denuncia di scomparsa.»

Meagan sbuffò. «Non lo farebbe. Ha detto a papà che avete avuto un malinteso e che sei testarda, ma che saresti tornata presto a casa.» Meagan esitò un attimo, poi aggiunse: «So che non volevi che lo facessi, ma alla fine ho detto la verità a papà. Gli ho detto cosa ti aveva fatto Dirk e che voi tre stavate scappando per salvarvi la vita. Papà è fuori di sé. Non è ancora andato a sfidare Dirk perché ha bisogno di prove da mostrare al branco se ci sarà una guerra.»

Imprecai piano. «Non voglio una guerra tra branchi per me, Meagan. Il branco di papà non vincerà. Dirk ucciderebbe papà solo per farmi del male.»

Meagan rimase silenziosa. «Lo so. Ma papà ha il diritto di saperlo. E ora che sei fuori da quella casa, sento che è ora di smetterla di tenere questo orribile segreto.»

Le lacrime mi solcarono gli occhi. «Non lasciare che sfidi Dirk» la supplicai. «Promettimelo.»

«Farò quello che posso. E gli umani all'ospedale? Qualcuno ha assistito alla guarigione di Jayden?»

«No. Ho chiamato l'alfa di Colorado Springs, ed è venuto e ci ha tirati fuori da lì prima che Jayden venisse controllato o qualcosa del genere.»

«Ve la siete cavata. Quindi sei sotto la sua protezione?»

«Non esattamente.» Guardai verso la casa, tutto si scaldò mentre pensavo a Mark. «Sono a Denver... con il mio compagno.»

Meagan sussultò. «Oh mio Dio. Dici sul serio?» La sua eccitazione vibrava praticamente attraverso il telefono.

«Sì, ma Meagan, cosa faccio? Dirk ci ucciderà entrambi se gli permetto di marchiarmi.»

Meagan rimase in silenzio per un momento, poi disse con rabbia: «Fanculo Dirk. Perché l'hai lasciato se non sei decisa a vivere? Resterai nascosta per il resto della tua vita?»

«Sto solo cercando di tenere i miei cuccioli al sicuro e in vita!» piansi, lacrime di rabbia che si fecero strada verso gli angoli esterni dei miei occhi.

«Fanculo. Lo so. Mi dispiace. Mi dispiace tanto» mi calmò Meagan, anche se ero io la sorella maggiore. Era l'unica ragione per cui ero riuscita a scappare. Mi aveva portato abbastanza soldi per comprare i biglietti dell'autobus per il Colorado e per pagare il primo mese di affitto di un appartamento. Non avevamo avuto tempo di pianificare le cose: era stata una decisione affrettata dopo che Dirk era diventato violento con me e Jayden.

«Devo andare. Fammi sapere se senti qualcosa.»

«Questo è il tuo nuovo numero?»

«Sì.»

«Come si chiama? Il tuo compagno, intendo.»

«Mark. Mark Ruhl. È un agente della DEA e un esecutore del consiglio dei mutaforma. È più grande. Tipo sui quarant'anni.»

«Un lupo d'argento.»

Non riuscivo a smettere di sorridere pensando a lui. Per il modo in cui mi sentivo immediatamente placata dall'ansia di un momento prima. «Non troppo argento, ma sì. Lupo d'argento super hot. E gli piace essere chiamato *paparino*.»

«Oh mio Dio. È così sexy.»

«Super sexy.» Risi. Era la prima volta che avevo qualcosa di sessuale o divertente da condividere con Meagan. Ero appena uscita dal liceo quando mio padre mi aveva venduta, e non avevo potuto condividere la gioia delle gesta di Meagan quando aveva iniziato a stare con il suo compagno perché la mia vita era così traumatica a quel tempo.

«Lascia che ti marchi, Co-co. Non puoi rimandare la vita per sempre. A un certo punto, devi reclamarla.» Non risposi perché mia sorella non poteva nemmeno iniziare a capire la schiavitù mentale in cui ero da così tanto tempo ormai, e non avevo intenzione di difendermi.

«Ti voglio bene» dissi semplicemente.

«Anch'io. Mandami una foto di Mark. Ti prometto che la cancellerò non appena la ricevo.» Risi piano perché era la cosa migliore di cui avessi mai dovuto scrivere a mia sorella.

«Lo farò. Ciao.»

Capitolo tre

M*ark*
Noi quattro ci trovavamo in fila per il Dragon Wing, una delle giostre di Elitch Gardens, il parco divertimenti di Denver. I cuccioli erano eccitati per i coni di cialda pieni di gelato e per le cinque giostre su cui eravamo già stati.

Il viso di Colleen diventava dolce e bello ogni volta che li guardava.

«Sembri più giovane, mamma» le disse Angie, alzando lo sguardo. Era carina come poche, con una coda di cavallo bionda alta sulla testa e gli stessi grandi occhi blu-verdi di sua madre e suo fratello. Ero già ferocemente protettivo nei confronti dei cuccioli come lo ero nei confronti della mia compagna non reclamata.

Appoggiai leggermente una mano sul suo fianco. Sembrava più giovane. Ogni ora sembrava far tornare indietro gli effetti del tempo sul suo aspetto. «Quanti anni hai, piccola?»

«Ventotto.»

Guardai il ragazzo. «Quanti anni hai, Jayden?»

«Nove e mezzo.»

Il rumore della giostra impedì agli umani intorno a noi di sentire il ringhio nella mia gola. I lupi lo sentirono, però, e tutti e tre mi fissarono.

«Avevo diciotto anni quando mio padre organizzò il mio accoppiamento» disse Colleen, indovinando correttamente la causa della mia rabbia. «Giusto perché fosse legale.»

«Era... normale nel tuo branco?» chiesi a denti stretti. Volevo uccidere sia suo padre che l'alfa che l'aveva reclamata.

Scosse la testa. «Non lo so. È stato orribile per me. Ho dovuto dimenticare il college e lasciare tutti quelli che conoscevo per vivere con un tiranno.»

I ragazzi ascoltavano con occhi sgranati, come se non avessero mai sentito una cosa del genere prima.

«Intendi papà?» chiese dolcemente Jayden.

Annuì. «Era appena diventato l'alfa del suo branco dopo che suo padre era stato ucciso. Era preoccupato che la sua posizione venisse messa in discussione perché era giovane per guidare un branco. Andò dal nonno e fecero una specie di patto.»

«Non ci torneremo, vero, mamma?» chiese Angie.

«Mai» promise, e una piccola parte di me si rilassò. Almeno su questo eravamo d'accordo.

«Ora resterete con me» dissi con fermezza, anche se Colleen non l'aveva ancora accettato.

Jayden rimase in silenzio, ma mi guardò con quello sguardo cauto.

«Davvero, mamma?» chiese Angie.

Colleen distolse lo sguardo, le labbra premute. «Vedremo» mormorò.

«Possiamo tenere le bici?» volle sapere Angie.

Avevo comprato entrambe le bici dei bambini questa mattina da Target. Avevo messo nel carrello tutto quello che avevano guardato o preso. Colleen aveva tirato fuori circa metà delle cose, ma quando avevo preso le due bici, non aveva osato ignorarmi. Non quando i suoi bambini le erano sembrati così eccitati.

Era rimasta lì con gli occhi lucidi e si era morsa le labbra.

«Le bici sono vostre» dissi. «Non importa cosa succede. Ma voglio che restiate.» Era il nostro turno in testa alla fila. Scortai i cuccioli in avanti, poi tenni indietro Colleen. «Vi aspetteremo all'uscita» dissi a Jayden. «Prenditi cura di tua sorella.» Lui annuì, come se la responsabilità fosse un suo onore. Era un ragazzo fantastico.

Misi un braccio intorno a Colleen e la accompagnai al punto in cui terminava la giostra. «Per ogni bugia, mi devi una verità» le dissi.

«Non ho detto bu...»

La fermai con un dito sulle labbra. «Non farlo più. Ricordati il mio conteggio.»

Sorrise leggermente, ma con un'aria triste. Avrei fatto a pezzi questo mondo per capire come farla brillare.

Si girò verso di me e mi mise le mani sul petto. «Una verità» mormorò. «Okay. Ecco una verità. Non ho mai avuto un orgasmo con un maschio prima di ieri sera. Tu sei stato il mio primo.»

Aw, cazzo. Non avrei dovuto essere così dannatamente orgoglioso, erano passati più di vent'anni da quando avevo imparato per la prima volta come far venire una femmina, ma lo ero.

La avvolsi tra le braccia e la tenni stretta al mio corpo. Il suo profumo di cannella mi fece quasi diventare selvaggio. «Questa è bella, piccola.» Ma poiché ero uno stronzo avido, spinsi per averne di più. «Dammene un'altra. Dimmi qualcosa, angelo. Non sei sicura di me o non sei sicura di cosa vuoi?» Il dolore le attraversò il viso e il bisogno di vendicarla per ogni torto che le era stato inflitto mi fece quasi uscire i canini da lupo. «Non so cosa voglio» gracchiò con voce rugginosa, ma puzzava di bugia.

Socchiusi gli occhi, riflettendo intensamente. Non sembrava aver paura di me, quindi doveva trattarsi di qualcos'altro. Dovevo dimostrare il mio valore in qualche altro modo.

Se solo avessi potuto convincerla ad aprirsi, a dirmi cosa le passava per quella splendida testa.

«Ancora una» dissi.

La vulnerabilità le balenò negli occhi, come se le stessi chiedendo troppo. «Cosa c'è?»

«Se il tuo futuro non fosse stato venduto a diciotto anni, cosa ne avresti fatto?»

Le tremarono le labbra e le risucchiò verso l'interno per nasconderlo. «Non lo so. Avevo programmato di andare al college, ma non avevo ancora capito cosa volevo studiare. Volevo andarmene dalla nostra piccola città, magari vivere nel mondo degli umani. Guadagnarmi da vivere dignitosamente.»

«Cosa ti piaceva a scuola?»

Scrollò le spalle. «Ero brava in matematica e scienze. Mi piaceva disegnare. Pensavo che forse avrei potuto studiare architettura o ingegneria. Ma quella nave è salpata.»

Il cancello si aprì e la gente scese dalla giostra. Si allontanò da me per aprire le braccia ad Angie, che si lanciò contro di lei.

«Giusto. Andiamo. Okay. Cosa c'è dopo, ragazzi?» chiesi, lasciandoli guidare.

Non pensavo che avrei avuto cuccioli o una compagna. A quarant'anni, avevo da tempo scartato ogni speranza di avere una famiglia, ma ecco che avevo trovato la mia compagna, e lei era arrivata con due preziosi cuccioli. Pensavo che la mia vocazione fosse quella di fare l'agente di polizia, ma ieri era cambiato tutto.

Ora ero sicuro dello scopo della mia vita. Erano questi tre mutaforma qui. Dovevo solo convincerli a lasciare che mi prendessi cura di loro.

Al giro successivo, mi scusai per fare una chiamata.

«Jenson, sono Mark Ruhl.» Jenson faceva parte del consiglio dei mutaforma. Era un vecchio mutaforma orso del Wyoming ed era il consigliere a cui facevo rapporto.

«Cosa c'è?»

«Ci sono una lupa e due cuccioli sotto la mia protezione. Sono scappati da un maschio violento, l'alfa di un branco fuori Lexington, Kentucky.»

«Il consiglio non si immischia nelle liti domestiche.»

«Non sto chiedendo al consiglio di immischiarsi. Lo sto mettendo in guardia. Non esiterò a mettere a tacere quell'alfa se si avvicina di nuovo a lei.»

Jenson rimase in silenzio per un lungo momento, poi emise un sospiro. «Ne prendo nota.»

«È tutto» dissi e conclusi la chiamata. Nel mondo dei mutaforma non esisteva un giusto processo. In genere i problemi venivano risolti con l'aggressione fisica. Ma settant'anni fa, quando la popolazione umana aveva cominciato a crescere, diffondersi e sanguinare nei territori dei mutaforma, era stato formato il consiglio. Si trattava non tanto di governare la nostra popolazione quanto di tenere i mutaforma lontani dai guai con gli umani. Io ero il tizio che abbatteva i mutaforma che diventavano selvaggi. O che uccidevano o approfittavano degli umani. Forse non avrei dovuto dare spiegazioni al consiglio per aver difeso la mia compagna, ma avvisarli in anticipo avrebbe potuto aiutare con qualsiasi ripercussione.

Tuttavia, speravo che non si arrivasse a questo. Non volevo che Jayden e Angie dovessero vivere con l'uomo che aveva ucciso il loro padre. Non mi piaceva.

Ma non mi piaceva neanche avere quell'uomo che incombeva su Colleen e i cuccioli come una paura costante. Prima si risolveva, meglio era.

* * *

Colleen

I cuccioli erano esausti quando li misi a letto. Il parco divertimenti e una cena a base di bistecca all'Outback li avevano sfiniti.

Mark mi aveva beccata prima che li seguissi su per le scale fino alla stanza degli ospiti. Mi aveva stretto i capelli nel pugno e mi aveva tirato la testa all'indietro. «Stasera avrò bisogno di te nel mio letto, piccola, non pensare nemmeno di rifiutarmi» aveva ringhiato, trasformando le mie viscere in lava fusa. Poi mi aveva passato la lingua sul polso. «Dopo che i cuccioli si saranno addormentati. Nella mia stanza. Hai capito?» Aveva fatto scivolare le dita tra le mie gambe e premuto la cucitura dei jeans contro il mio clitoride.

«S-sì» risposi.

Ora, mentre spingevo la porta della sua camera da letto senza bussare, il cuore mi batteva forte contro il petto.

39

La richiesta di Mark sembrava lussuriosa, non arrabbiata. Il suo tipo di dominio non mi spaventava mai. Non mi offendeva mai. Mi faceva solo indurire i capezzoli e inumidire le mutandine. Quindi, anche se sapevo che entrare nella sua camera da letto di notte era una cattiva idea, considerando che ogni volta che mi avvicinavo a lui rischiavo di essere marchiata, lo feci comunque.

«Togliti i vestiti.» Mark parlò dalla porta del bagno. Aveva fatto un'altra doccia. O aveva tendenze ossessivo-compulsive verso la pulizia, o stava davvero usando docce fredde per reprimere la sua lussuria. Preferivo credere che fosse la seconda, anche se non mi dispiaceva la parte della pulizia. L'odore di sapone che si mescolava al suo aroma deliziosamente maschile.

Sbottonai i nuovi jeans attillati che mi aveva comprato e me li tolsi. Indossavo un paio di mutandine di raso rosso e un reggiseno abbinato, sempre suoi, e quando mi vide con quelli, i suoi occhi diventarono argentati.

«Di che colore è il tuo lupo?» chiesi.

«Nero. La tua?»

«Marrone chiaro.»

Si avvicinò di soppiatto. «Non ho ancora visto i tuoi occhi da lupa.»

No. Non sapevo ancora se riuscivo a mutare. Non mutavo da anni. Un altro sottoprodotto dell'essere accoppiata a Dirk. Era il motivo per cui la mia capacità di guarigione era andata. Ma forse ora... forse il mio vero compagno predestinato mi aveva già guarita.

Restai in piedi con il mio nuovo reggiseno e le mutandine, le ginocchia mi tremavano per lui.

Scosse la testa e mi girò per farmi guardare verso il letto, spingendomi il busto verso il basso. «Non ho detto che puoi tenere le mutandine stasera.» La sua mano si schiantò sul mio sedere, brusca e punitiva.

Un piccolo verso di protesta mi uscì dalle labbra, ma Mark si era dimenticato di stare attento con me. Il suo lupo stava diventando selvaggio e stava gestendo lo spettacolo. Il suo dominio non mi produceva nemmeno un briciolo di paura, però. Sembrava naturale. Il suo lupo era uscito in superficie perché mi desiderava così tanto, non perché aveva bisogno di farmi male. In qualche modo sapevo che se avessi protestato, si sarebbe tirato indietro immediatamente.

Mi schiaffeggiò di nuovo sull'altra natica, ancora più forte. «L'ho fatto, piccola?»

«No, *paparino*.» Il soprannome mi scappò dalla lingua, ma mi sembrò giusto. Mi piaceva chiamare Mark paparino. Mi piaceva l'idea che Mark fosse il mio paparino. Protettivo. Premuroso. Sporco ed esigente quando si trattava di sesso. Per il fato, erano passate solo ventiquattr'ore, ma questo maschio si era già insinuato nel mio cuore molto protetto. E non erano solo i feromoni a parlare.

Mark ringhiò la sua approvazione, tirandomi le mutandine giù per le gambe. «Oh, accidenti, bambina. Ti farai scopare così forte che non sarai in grado di camminare dritta.» Mi tempestò il culo di forti sculacciate, e ognuna accendeva un altro fiammifero di lussuria dentro di me, le fiamme minacciavano di inghiottirmi. La mia vista si acuì e si incurvò, e sapevo che anche i miei occhi avevano cambiato colore.

La mia lupa era tornata.

Voleva essere reclamata.

«*Togliti* le mutandine» disse Mark con tono strozzato, mentre frustrazione e lussuria gli addensavano la voce.

Mi sforzai di sfilarmi le mutandine dalle cosce alle caviglie, e nel momento in cui lo feci, mi allargò i piedi con un calcio.

Soffocai un grido quando mi sculacciò la figa, l'umidità produsse un suono appiccicoso. «Quando ti dico di toglierti i vestiti, ho bisogno che tu sia nuda, baby. In quale altro modo potrei leccare questa figa fino a farti urlare?» Infilò i pollici dentro le mie natiche e mi allargò, facendomi inarcare ed esporre il mio sesso.

E poi la sua bocca fu su di me, la sua barba ben curata mi graffiava la pelle sensibile mentre la lingua passava tra le gambe. Mi impastò e mi strinse bruscamente il culo, mentre mi passava la lingua sul clitoride, mi succhiava le labbra, mi pizzicava. Ogni tanto, mi dava un altro schiaffo pungente sul culo o sulla coscia, mescolando dolore e piacere. Pericolo ed eccitazione.

Solo che il pericolo non era che mi facesse del male. Ma che mi rivendicasse.

Ma era troppo tardi perché fermassi le cose o anche solo le rallentassi. Ora ero mezza pazza per lui, anche io, gemente e bisognosa, pronta a implorare ciò che aveva deciso di negarmi stamattina.

«*Colleen.*» Mark sembrava disperato. Il suo lupo avrebbe potuto iniziare a impazzire se avessi continuato a negargli ciò che desiderava ardentemente. Pensavo che avrebbe chiesto il mio consenso, di marchiarmi con i denti, ma invece disse: «Questa volta ho bisogno di venire dentro di te. Mi lasci fare?»

All'inizio il mio cervello confuso dal sesso non capì nemmeno la domanda, ma poi mi reso conto che ieri sera aveva indossato un preservativo.

«Sì» dissi, al diavolo le conseguenze. Avevo bisogno di sentirlo tutto, nessuna barriera tra noi.

Sentii il leggero fruscio del tessuto, e poi lui si spinse

dentro. Mi slanciai contro di lui, amando la sensazione di essere riempita. Niente mi era mai sembrato così giusto nella mia vita, ma poi lui si tirò fuori di nuovo.

«Ho bisogno di vedere la tua faccia, piccola.» Mi girò, appoggiandomi il culo sul bordo del letto prima di spingere di nuovo dentro. Mi appoggiai sui gomiti, osservando il punto in cui i nostri corpi si univano. Il suo spessore. Il modo in cui i miei petali si aprivano e si allungavano per accettarlo. L'odore della mia eccitazione.

Lo sguardo argenteo di Mark mi percorse il corpo, e poi aggrottò la fronte. *«Perché indossi quel reggiseno?»*

Non riuscii a farne a meno. Ridacchiai. Perché la pseudo-rabbia di Mark per lo stato della mia nudità mi faceva sentire desiderata e meravigliosa. «Pensavo ti piacesse questo reggiseno.» Abbassai le coppe del mio reggiseno per mostrargli i capezzoli appuntiti. «I tuoi occhi sono diventati argentati quando l'ho scelto.»

«Toglilo, o te lo strappo» minacciò. «Mi piace troppo, accidenti.»

Lo sganciai e feci scivolare le braccia fuori, gettandolo di lato. «Sì, paparino.»

La sua presa sulla parte superiore delle mie cosce divenne brutale, ma non avevo paura. Sentivo la passione che c'era dietro, niente rabbia o violenza. Lui sbatté forte e veloce. «Gioca con loro» ringhiò. Ci misi un secondo a capire, e poi gemetti mentre obbedivo, soppesando i miei seni, strizzandoli, pizzicandomi i capezzoli.

«Sto per venire dentro di te. Ho bisogno di segnarti in qualche modo, e tu lo prenderai dannatamente.»

Ero emozionata dalla sua richiesta perché il suo rispetto per i miei desideri era ancora così evidente. Non mi avrebbe marchiata, anche se la cosa lo stava uccidendo. Sospettavo anche che mi stesse avvertendo nel caso in cui avessi deciso di oppormi.

E avrei dovuto. Ma nessuna parte di me lo voleva. Il destino mi aveva mandato questo compagno, ed ero disposta a tirare i dadi per vedere se il destino voleva darmi un cucciolo con lui. Essere madre era l'unica cosa che avevo amato degli ultimi dieci anni.

Mi abbassai e misi le dita a V intorno al punto in cui il cazzo entrava in me, desiderando sentirlo con tutta me stessa.

Lui ruggì, i suoi movimenti divennero a scatti. «Cazzo, piccola lupa. Mi stai facendo impazzire.» Strofinò il pollice sul clitoride e raggiunsi l'orgasmo, i miei muscoli si strinsero attorno al suo cazzo. Venne nello stesso momento, e potevo giurarlo al destino, sentii ogni goccia calda di sperma che mi sparò dentro. Mi bruciò. Sfrigolò, scoppiò e mi cambiò. Mi inondò così tanto di calore che la vista divenne nera con fuochi d'artificio che esplodevano ai bordi. E poi il piacere. Oceani di piacere, che mi travolsero, mi pulirono, mi purificarono, lasciando solo la purezza della mia essenza e la sua. Compagni predestinati. Qualcosa mi fece toccare la spalla, il punto in cui la pelle era chiusa con tessuto cicatriziale da ripetuti morsi secchi. Solo un vero compagno predestinato avrebbe fatto sì che un lupo maschio producesse il siero che lasciava il suo odore nella pelle della sua femmina. Dirk non era il mio compagno predestinato, ma questo non gli aveva impedito di massacrarmi la spalla ogni volta che si era imposto su di me. Dopo alcuni anni, avevo semplicemente smesso di guarire. Ma ora la mia spalla era liscia come la pelle di un bambino. Morbida, elastica. Rinata.

Mark ansimò, gli occhi ancora argentati, i canini lunghi. «Quando ti marchierò, piccola, non rimarrà più.»

Sbattei le palpebre. «No?»

«No.» Scosse la testa. «Segnerò questo bel culetto.» Mi infilò le mani sotto il sedere e mi strinse entrambe le natiche tra le sue grandi mani.

«Oh.» Iniziai a ridere, allora. Quasi istericamente. Era sollievo, gioia e nervosismo concentrati in una cosa sola. «Sei un tipo da culi» dissi.

Il marrone degli occhi di Mark tornò e mi sorrise. «Si potrebbe dire così.» Si rilassò. «Ti voglio nel mio letto stasera» disse, in qualche modo indovinando correttamente che avevo intenzione di correre di nuovo nella stanza degli ospiti. «Non ti marchio. Puoi fidarti di me. Ma ho bisogno di te qui.»

Pensai ai miei cuccioli. Ma erano profondamente addormentati, esausti per il divertimento della giornata. Non avevano bisogno di me. E il pensiero di dormire accanto a Mark faceva sì che la mia lupa...

Mutai spontaneamente solo a pensarci.

Era la prima volta da anni e la mia lupa era così felice che girai in tondo sul letto prima di cadere di lato e offrirmi, pancia in su.

«Ehi bellezza», canticchiò Mark, accarezzandomi il viso e la pancia, strofinandomi le orecchie. «Sei così bella. Non vedo l'ora di correre e cacciare con te.»

Mi sforzai di mutare e successe con facilità. Come se non avessi mai perso la mia lupa, non avessi mai perso la capacità di mutare a piacimento. Di guarire. Di essere chi ero veramente.

«Oh destini.» Mi sedetti e mi coprii il viso con le mani, lacrime di gioia mi scendevano sulle guance.

Il sorriso di Mark svanì e lui strisciò sul letto con me, staccandomi le mani dal viso. «Cazzo, tesoro. Avevi perso la tua lupa? È per questo che non sei riuscita a guarire?»

Annuii tra le lacrime. «Sono passati quattro anni.»

Lui le baciò via e mi tirò tra le sue braccia. «Mai più, angelo. Non la perderai mai più. È sempre stata con te. L'hai riportata fuori» dissi.

«L'abbiamo fatto *insieme*» disse. «Non riesco a credere di averti trovata. Mi sento così fortunato.»

Avrei voluto sentirmi fortunata anch'io, ma c'era ancora un'ombra che incombeva su di me. Su di noi. Ed era questa la parte che odiavo. Ci tenevo troppo a Mark per lasciargli rischiare la vita per noi.

Capitolo quattro

Mark

Potevo anche aver promesso di non marcare la mia dolce compagna, ma questo non mi aveva impedito di scoparla altre due volte entro la mattina.

Si rannicchiò contro di me, strofinandomi il collo. «Cosa ti ha spinto a entrare nelle forze dell'ordine?» chiese. «E cosa è venuto prima, essere un'agente di polizia o lavorare per la DEA?»

Le infilai le dita nei capelli e le massaggiai la nuca. «La DEA è arrivata prima, poi la polizia. Il consiglio ha apprezzato l'idea di avermi nelle forze dell'ordine umane come mezzo per aiutare a nascondere le attività dei mutaforma quando non rispettano la legge umana.»

«E come sei finito nella DEA?» chiese.

«Sono cresciuto qui vicino, in un sobborgo occidentale di Denver che confinava con le colline, così potevamo correre e cacciare. La nostra scuola superiore era mista, umana e mutaforma, e il mio migliore amico era un umano.»

Colleen sollevò il suo bel viso, gli occhi blu-verdi

puntati sui miei. Si preparò, come se sapesse già cosa stavo per dire.

«Stavamo solo scherzando, facendo festa. Certo, la droga non aveva alcun effetto su di me, ma pensavo che il mio compito fosse tenerli al sicuro. Essere l'autista designato. Il ragazzo che manteneva la mente lucida. I miei amici non sapevano che fossi un mutaforma. Il nostro uso ricreativo era passato dall'erba all'assaggiare un po' di cocaina. Immagino che fosse stata mescolata con qualcos'altro. Mi ha bruciato il naso e mi sono sentito male per qualche minuto. Ma il mio amico...» Colleen trattenne il respiro.

Annuii per confermare. «È morto. Ed è stato allora che ho giurato di fermare i trafficanti di droga.» Scrollai le spalle. «Immagino di aver dato la colpa a loro per quello che è successo.»

Appoggiò la guancia sul mio petto nudo. «Come si chiamava?»

«Travis.»

«Mi dispiace per la tua perdita.»

Le massaggiai ancora un po' il cuoio capelluto. «È successo tanto tempo fa.»

«Sei nobile, lavori per il bene superiore.» Mi passò la punta di un dito tra i peli del petto.

«Il tuo bene superiore è tutto ciò che mi interessa ora» le dissi.

«Ti prendi cura delle persone che ami, anche degli umani. È per questo che ti fai chiamare paparino?»

Scrollai le spalle. «Immagino di sì. Sono alfa, quindi mi piace essere al comando, ma in un modo che sia premuroso e gentile. Voglio viziarti.»

«Sembra meraviglioso.» Il suo sorriso era triste, il che mandò il mio lupo nel panico.

«Posso chiamare al lavoro oggi» le dissi. Non volevo lasciare lei e i bambini da soli. Senza protezione. E la verità era che avevo quasi paura di scoprire che se ne era andata quando fossi tornato.

Scosse la testa. «No. Dovevi controllare i nostri archivi. Per assicurarti che Dirk non abbia sporto denuncia di scomparsa.»

Annuii e mi passo una mano sul viso. «Sì. Lo farò. Se lo ha fatto, presenteremo un ordine restrittivo. È il tipo che si attiene alle leggi umane?»

«No» ammise. «Probabilmente non ha mai sporto denuncia. Mia sorella dice che ha detto a nostro padre che avevamo avuto un diverbio, e che sarei tornata. Sta minimizzando tutta la faccenda. Ma non si sa mai. Potrebbe cambiare la sua versione dei fatti in qualsiasi momento. È uno psicopatico.»

«Mi occuperò di lui» dissi cupamente

«No» disse velocemente e brividi di freddo mi corsero sulla pelle.

La fissai, cercando di chiarire le cose nella mia testa, ma non avevo abbastanza fottute informazioni per andare avanti. Le presi la mano e le baciai il dorso. «Parlami, Colleen.»

Un mondo di rimpianti le navigava negli occhi e lo stomaco mi si strinse come un pugno.

Quando non rispose, le chiesi: «Lo ami?»

L'orrore sul suo viso mentre sbuffava placò un po' la mia agitazione.

«Non devo ucciderlo» dissi. «Ci sono altri modi per gestire la situazione.» Probabilmente non c'erano, ma se voleva tenere in vita il padre dei suoi cuccioli per il loro bene, lo capivo. Non avrei insistito su questo. Avrei trovato una soluzione, così da permetterle di sentirsi al sicuro e di lasciarlo vivere.

Andai alla mia cassaforte e la aprii per recuperare la pistola per il lavoro. Sentendo Colleen dietro di me, mi girai. Stava fissando la cassaforte.

«È la pistola?» chiese. Quando la fissai, disse: «Quella con i proiettili d'argento?»

I proiettili d'argento erano proibiti, tranne che per gli esecutori.

Mi strofinai la faccia, un brivido di presentimento mi attraversò, mosso dal suo interesse. «Sì, piccola. Quella è la pistola.» La studiai in viso, ma lei si girò, annuendo.

«Chiamami o mandami un messaggio se hai bisogno di qualcosa. Ci impegneremo per procurarti una macchina questa settimana, okay?»

Non sopportavo questa sensazione pruriginosa che avevo che Colleen vedesse l'idea di stare a casa mia come una tappa temporanea. Un posto dove dormire finché non capiva la prossima mossa da fare. Non sapevo cosa ci sarebbe voluto per farle cambiare idea su questo, su di me, ma stavo cercando di rendere l'idea di restare il più allet-tante possibile.

Annuì ma aveva lo stesso sguardo cauto che suo figlio mi indirizzava spesso. Come se stesse aspettando un disastro inevitabile.

Certo, aveva ragione. I guai stavano arrivando. Ma li avrei accolti con favore. Perché prima arrivavano, prima potevo soffocarli e dimostrare a Colleen che ero pronto a fare tutto il necessario per tenerla al sicuro e felice.

* * *

Colleen

. . .

La casa di Mark sembrava vuota senza di lui, ma i bambini erano ansiosi di provare le nuove bici, quindi uscii e mi godetti l'aria autunnale mentre andavano in giro per il quartiere.

Quando tornai a casa, scoprii che mia sorella aveva chiamato. Sette volte.

Cazzo.

Premetti il pulsante di chiamata e camminai avanti e indietro per la cucina di Mark.

«Sa dove ti trovi.» Meagan rinunciò a qualsiasi saluto per darmi la notizia che mi colpì come un pugno allo stomaco.

«Dall'ospedale?»

«No, non credo. Dirk ha detto a papà che aveva saputo che eri stata rapita dal branco di Denver e che eri trattenuta contro la tua volontà. Immagino che l'abbia saputo da qualcuno del consiglio dei mutaforma o qualcosa del genere. Colleen, è già su un volo per venire lì e ha fatto guidare tutti quelli del suo branco tutta la notte per raggiungerlo lì.»

La disperazione mi attraversò. «No.»

«Voleva che papà mandasse anche il suo branco, ma papà lo ha insultato ed è salito su un aereo anche lui.»

La mia mente correva veloce. «Okay, grazie per le informazioni.»

«Cosa farai?» La voce di Meagan assunse una nota di panico, come se stesse già indovinando i miei piani.

«Tutto quello che so è che non lascerò che questa si trasformi in una guerra tra branchi. Il branco di Denver non mi conosce affatto, e non è giusto chiedere loro di combattere per me. Non so nemmeno per certo che lo farebbero.»

«Per una volta, devi smetterla di preoccuparti delle

guerre tra branchi. Il motivo per cui abbiamo branchi è proteggere i nostri membri. Penso che dovresti accettare l'aiuto che ti viene offerto. Soprattutto se il branco di Denver è abbastanza grande.»

«Non mi sento a mio agio con questa cosa. Ti terrò aggiornata.» Riattaccai prima che potesse discutere ancora.

Mi si capovolse lo stomaco mentre mi travolgeva un'ondata oscura di dolore.

Lasciare Mark avrebbe fatto a pezzi la mia lupa. Ma non gli avrei permesso di rischiare la vita per proteggerci. Non quando Dirk stava portando con sé tutto il suo branco. Anche con i proiettili d'argento, non era una guerra che poteva vincere da solo.

Andai nella camera da letto di Mark. Avevo imparato a memoria il codice della cassaforte stamattina quando l'aveva aperta, quindi lo usai ora per accedere, tirando fuori con attenzione la pistola e i proiettili d'argento. La mia migliore possibilità era occuparmi di questa situazione da sola. E ora avevo i mezzi per farlo.

Caricai la pistola e la infilai nella cintura, poi scesi per scrivere un biglietto per Mark e parlare con i bambini.

«Angie, Jayden, venite qui, per favore.» Dopo aver scritto il biglietto, chiamai i cuccioli da dove stavano guardando la televisione e mi sedetti su una sedia della cucina.

Dovevano aver sentito qualcosa di diverso nella mia voce perché tutta la gioia della pedalata di prima scomparve all'istante. Jayden spense la TV e si misero entrambi davanti a me. Li tirai vicino a me.

«Stiamo andando via?» chiese Jayden piano.

«Devo occuparmi di una cosa. Una cosa molto importante. Non è sicuro per voi due venire con me.»

Gli occhi di Angie si riempirono di lacrime.

L'espressione di Jayden lo fece sembrare vecchio. «Papà è qui?»

Deglutii e poi annuii. «Me ne occuperò io.»

«Con la pistola di Mark?» chiese Jayden, sorprendendomi. Doveva aver sentito Mark e me parlarne nel corridoio sabato sera.

Annuii di nuovo.

«E se non funziona?»

«*Deve funzionare*» dissi con veemenza. Perché non c'era altra scelta. Non volevo continuare a scappare e nascondermi per il resto delle nostre vite. Avevo incontrato il mio vero compagno, il mio compagno predestinato, il mio lupo paparino, e avevo bisogno di stare con lui.

«Lascio questo biglietto a Mark. Quando torna a casa daglielo, okay?»

Jayden annuì con aria grave.

Angie stava piangendo per davvero ora.

Mi rifiutai di lasciar scorrere le lacrime. Non c'era modo che li portassi con me perché se avessi fallito, sarebbero stati nelle mani di Dirk. In questo modo, se qualcosa andava storto, Mark li avrebbe protetti e avrebbe chiamato mia sorella, che li avrebbe recuperati. Ma no, niente poteva andare storto. Sarei tornata per loro. Avevano bisogno di me. Li abbracciai entrambi forte e baciai la sommità delle loro teste, poi pianificai un passaggio per le montagne sulla mia app di ride sharing. Dovevo allontanarmi dagli umani per far funzionare questa cosa.

Capitolo cinque

M*ark*
Avevo un brutto presentimento nel pomeriggio, che si aggravò quando Colleen non rispose al telefono. Finii per uscire dal lavoro prima, sostenendo di avere un appuntamento dal dottore, e tornai dritto a casa.

La mia compagna non se ne era andata. Non poteva. I nostri lupi avevano bisogno l'uno dell'altra e lei non sarebbe stata al sicuro da sola.

Questo era quello che mi ero detto durante tutto il viaggio di ritorno, ma un freddo terrore mi riempiva gli arti. Parcheggiai in garage e spalancai la porta, un senso di sollievo mi pervase quando sentii la televisione e vidi i bambini.

Ma poi riconobbi immediatamente che qualcosa non andava. Entrambi i cuccioli sembravano spaventati. Annusai l'aria, ma non c'era odore di un altro lupo. L'odore di Colleen era debole.

«Dov'è vostra madre?» Cercai di mantenere la voce calma nonostante il panico che mi tornava.

Jayden si alzò e si diresse verso il tavolo della cucina, invece di rispondermi. Prese una busta sigillata con il mio nome sopra.

Cazzo.

Gliela strappai dalle dita, correndo di sopra verso la mia camera da letto, sapendo già cosa avrei trovato. La cassaforte era aperta; la pistola, sparita.

Aprii la busta e lessi la calligrafia ordinata di Colleen.

Mark,

il branco di Dirk sta arrivando dal Kentucky. Per favore, non entrare in contatto con loro. Non voglio una guerra tra branchi. Mi occuperò di lui io stessa.

Se per qualche motivo non dovessi tornare, il numero di mia sorella Meagan è qui sotto. Si occuperà dei cuccioli. Mi dispiace lasciarli con te, ma non posso permettere che Dirk li prenda.

Grazie di tutto,
Colleen

Grazie di tutto? Che cazzo! Odiavo il tono formale della lettera, come se fossi uno sconosciuto, non il suo fottuto compagno. Ma non era questa la parte che mi faceva impazzire.

Era sapere cosa stava cercando di fare la mia coraggiosa, bellissima compagna. Cazzo!

Dovevo raggiungerla. Fermarla.

Avevo inserito un localizzatore nel suo telefono la mattina dopo il suo arrivo, temendo che potesse succedere qualcosa del genere. Mi precipitai ad aprire l'app e feci un respiro profondo quando vidi dove era andata. Si stava dirigendo verso le montagne, circa trenta chilometri a ovest di Denver.

«Jayden, Angie, vado a cercare vostra madre. La riporterò a casa sana e salva. Chiamerò qualcuno del mio branco perché venga a stare con voi. Rispondi alla mia chiamata se squilla, capito?» Consegnai a Jayden un tablet su cui potevo chiamarlo. «Puoi scaricare giochi e giocarci, se vuoi, o continuare a guardare la TV.»

Jayden annuì. Angie mi guardò con gli occhi spalancati. «Ho paura» disse.

«Oh tesoro.» Mi inginocchiai davanti a lei e la abbracciai forte. «Mi assicurerò che siate al sicuro.»

«E la mamma?»

«Vado a prenderla.» Le diedi un bacio sulla testa. «Torneremo.» Avrei voluto sentirmi sicuro almeno la metà di quanto non sembrassi. Corsi al mio SUV e ci saltai dentro, lo avviai e feci retromarcia prima ancora di allacciarmi la cintura di sicurezza. Mentre guidavo, digitai il numero di Meagan che Colleen mi aveva lasciato.

«Pronto?» La voce femminile che rispose sembra allarmata.

«Meagan? Sono Mark Ruhl, sono-»

«Il compagno di Colleen. Dov'è? Sta bene?»

«Sto andando da lei adesso. Le ho messo un localizzatore nel telefono.»

«Oh, grazie al destino.»

«Sai cosa sta progettando?»

«Sospetto che stia cercando di allontanare Dirk da te e dal branco di Denver. Non voleva che nessuno si facesse male a causa sua.»

«Sta cercando di proteggere *me*.» Imprecai, accelerando, superando di gran lunga il limite di velocità.

«Dirk è terribile, Mark. Ha detto a tutti che il tuo branco l'ha rapita. Sarebbe stato meglio se ti avesse permesso di marchiarla, ma aveva paura che lui vi avrebbe fatti a pezzi se fosse successo.»

Scoprii i denti, un ringhio selvaggio mi lacerò la gola. La mia compagna era stata costretta a vivere con questo psicopatico. «Lo farò a pezzi se solo la tocca» giurai.

«Stai attento. Per favore, mi tieni informata?»

«Sì.» Chiusi la chiamata.

Colleen. Sentii il petto stringersi forte. Mi stava proteggendo. La mia piccola sciocca compagna. Non sapeva che avrei preferito morire piuttosto che lasciare che la ferisse di nuovo?

* * *

Colleen

Mi sudavano i palmi mentre me ne stavo seduta sulla panchina di cemento vicino al lago ad aspettare.

Avevo mandato un messaggio a Dirk quando ero arrivata e avevo aggiunto mio padre al thread per assicurarmi che ci fosse un testimone.

La tua storia sul mio rapimento da parte del branco di Denver è ridicola. Ti ho lasciato perché mi rifiuto di permettere a me o ai nostri cuccioli di essere ancora il tuo sacco da boxe. Di' al tuo branco di fare marcia indietro e tornare a casa.

· · ·

Doveva essere stato troppo arrabbiato per notare che mio padre era nel thread, o forse non gli importava più perché rispose: *Vi ucciderò tutti.*

Il cuore mi batteva forte mentre rispondevo, *Lascia fuori il branco di Denver. Non sono con loro.*

Ti troverò.

Lascia in pace il branco di Denver. Ci vediamo a Evergreen Lake.

Né lui né mio padre avevano risposto dopo, ma ero certa che Dirk stesse arrivando. Quindi aspettai, cercando di non pensare a Mark e a quanto sarebbe stato arrabbiato quando avesse scoperto cosa avevo fatto. O ai cuccioli e a cosa sarebbe potuto succedergli se non ci fossi riuscita. Invece, mi concentrai sul mio respiro. Dentro. Fuori. Costante. Il destino era dalla mia parte. Mi aveva portata dal mio compagno. Ora tutto ciò che dovevo fare era mettere fine a questa storia.

* * *

Capii subito che era arrivato. Mi si rizzarono i peli sulla nuca e mi venne la pelle d'oca quando l'auto sconosciuta, senza dubbio a noleggio, entrò nel parcheggio. Allungai la mano indietro d'istinto e toccai la pistola nella cintura.

Scese e sbatté la portiera prima di piombare verso di me.

Non mi alzai. Aspettai solo che mi venisse incontro. Anche dall'altra parte del campo potevo leggere la rabbia che irradiava da lui, la sua violenza era vicina alla superficie, pronta a scatenarsi. Ovviamente, mi fece scattare. L'adrenalina mi scorse così velocemente che quasi mi girai per correre nel bosco. Ma sapevo già come sarebbe andata a finire. Mi avrebbe presa e mi avrebbe fatta soffrire.

No, questa volta non sarei scappata. Mi sarei difesa.

Quindi mi alzai e camminai verso di lui, con il mento sollevato, i molari serrati. Estrassi la pistola quando mi trovai a un metro e mezzo di distanza e gliela puntai contro. Mi tremava la mano, ma questo non mi impedì di togliere la sicura. «Se ti avvicini ancora di più, ti ammazzo» gli dissi.

Lui sogghignò. «Pensi che una pistola mi fermerà?» Si lanciò verso di me.

Sparai. Il corpo di Dirk sussultò per l'impatto.

Registrai l'arrivo di altre due auto nel parcheggio e l'attenzione che avevo attirato con lo sparo.

Cazzo. Testimoni.

E doppio cazzo. Avevo sbagliato la mira.

Il proiettile lo aveva colpito alla spalla, non al cuore. Barcollò all'indietro, gli occhi diventarono ambrati, aprì le labbra in un ringhio. «Argento.» Riconobbe le proprietà dannose dell'unica sostanza che poteva nuocere ai mutaforma.

Accorciò la distanza tra noi.

Mi bloccai per un momento, quel vecchio terrore familiare che mi assaliva.

Gli diede il vantaggio di cui aveva bisogno. Cercò di afferrare la pistola. Ritrassi la mano, sparando in aria, ma poi me la fece cadere di mano. Mi lanciai per prenderla, ma lui mi afferrò il cranio, le braccia protese per spezzarmi il collo.

Sentii il ringhio di un lupo nello stesso momento in cui risuonò uno sparo.

Dirk crollò a terra, morto.

Le ginocchia mi cedettero e stavo per cadere anch'io, ma il grande lupo nero che mi corse incontro si trasformò senza soluzione di continuità in forma umana e Mark mi afferrò e mi sollevò tra le sue braccia.

Fissai Dirk a terra confusa. «Come... chi...»

E poi vidi mio padre, che correva verso di noi, con una pistola in mano. «Colleen!» C'era paura nella sua voce.

Mark mi strinse più forte come per proteggermi anche da lui. Gli avvolsi le braccia intorno al collo in una presa al limite dello strangolamento, inspirando l'odore inebriante del mio compagno. «Mi dispiace. Mi dispiace tanto.»

«Ti ha quasi uccisa.» Mio padre sembrava scioccato.

Mark lo ignorò. «Cazzo, tesoro. Cazzo. Sono così contento che tu stia bene.»

«Sto bene. Dove sono i miei cuccioli?» La mia testa scattò verso il parcheggio, sperando che Mark non li avesse portati.

«Una famiglia del branco li tiene finché non sistemiamo le cose.»

Mio padre era in piedi dietro Mark e, per la prima volta nella mia vita, sembrò insicuro. Perfino imbarazzato. «Colleen. Mi dispiace, Co-co» disse, chiamandomi con il mio soprannome d'infanzia. Si passò una mano tra i capelli sale e pepe. «Mi dispiace tanto. Perché non mi hai detto quanto è stato brutto?»

Mark sembrava riluttante a lasciarmi giù, ma dopo un attimo di pausa, lo fece. Tuttavia, mi tenne stretta al suo fianco, in piedi con i vestiti a brandelli attorno al suo corpo grande e muscoloso.

«Ha detto che ti avrebbe ucciso se lo avessi mai sfidato» ammisi. «Ha detto che avrebbe distrutto tutto il tuo branco. Non potevo avere questa cosa sulla coscienza.»

Mio padre imprecò. «Dirk era un pessimo presagio e avrei dovuto vederlo. Mi dispiace tanto, accidenti.»

Per la prima volta, diedi un'occhiata furtiva al corpo di Dirk. «L'hai ucciso.» Mio padre gli aveva sparato dritto alla testa, il che avrebbe ucciso un mutaforma, anche senza proiettili d'argento.

«Certo che sì.» Si schiarì la gola. «E tu sei?» disse a Mark.

«Oh! Papà, questo è Mark, il mio vero compagno. Mark, mio padre, Aaron Blackthorn.»

Mark aspettò qualche secondo prima di porgere la mano a mio padre. Non disse *piacere di conoscerti* o *come stai?* Probabilmente incolpava mio padre per avermi messo Dirk addosso.

Mio padre la afferrò e chinò la testa, incassando il giudizio inespresso di Mark.

«Me ne occuperò io.» Mark guardò con disgusto il corpo caduto di Dirk. «Tu riporta Colleen a casa mia.»

Mio padre non era abituato a ricevere ordini, ma accettò la direttiva con un cenno del capo. «Sei sicuro di potercela fare?»

«Sì. Sono un tutore.»

Mio padre mosse le sopracciglia come se fosse impressionato, non che a me importasse. Ero andata ben oltre il vivere la vita che lui voleva per me.

«Riesci a gestire il suo branco?» chiese Mark a mio padre.

«Sì. Ho creato questo io problema. Lo sistemerò.»

Mark alzò il mento verso il corpo di Dirk. «Sinceramente, sono contento che sia stato tu. Non volevo essere io quello che avrebbe ucciso il padre dei cuccioli, e non volevo che succedesse lo stesso a Colleen.» Mi avvolse la nuca con una mano e mi tirò la testa più vicino per darmi un bacio sulla fronte.

«Jayden e Angie non piangeranno per la sua morte» dissi piano, il che fece accigliare sia Mark che mio padre.

«Dai, ci penso io» promise Mark.

Gli avvolsi le braccia intorno e lo strinsi forte mentre mio padre tornava alla macchina. «Grazie. Mi dispiace. Sei arrabbiato?» sussurrai.

«Non sono arrabbiato. Sono solo fottutamente sollevato.» Mi tenne, dondolandomi da un piede all'altro come se stessimo ballando un lento.

Lo strinsi di nuovo, avevo bisogno di sentirlo, morivo dalla voglia di avere un contatto pelle a pelle. «Sono pronta perché tu mi marchi.»

Mark si ritrasse e vidi gli angoli delle sue labbra inarcarsi mentre gli occhi diventavano argentati. «Oh, ti marchierò, tesoro. Mi assicurerò che tu non dimentichi mai a chi appartieni.» Mi toccò il naso. «E ci saranno sicuramente delle conseguenze per questo, piccola.» Mi sollevai in punta di piedi per baciargli il collo.

«Ti amo.» Mark mi avvolse con le braccia e schiantò le labbra sulle mie mentre mi sollevava per mettermi a cavalcioni della sua vita.

«Ti amo così tanto, Colleen.» Sentii il tuono del suo cuore contro il mio petto. Contorse la bocca sulla mia, si inclinò in un modo, poi nell'altro, mentre mi portava verso il parcheggio.

«Ora fai la brava e torna a casa, a casa *nostra*. Devo sapere che sei al sicuro e non posso concentrarmi a ripulire qui finché non ne sono sicuro.» Mi accompagnò dritto al lato passeggero dell'auto in cui era seduto mio padre e mi rimise in piedi.

«Okay.» Questa volta lo baciai io. «Ti aspetterò.»

«*Sarà meglio* che tu lo faccia.» C'era una leggerezza nel suo tono che sollevò il peso di tutto ciò che era appena accaduto.

Ora stavo con Mark. Il mio vero compagno.

Sarebbe andato tutto bene.

Capitolo sei

M*ark*

Colleen aspettava sul mio letto, no, il nostro letto, indossando una delle mie magliette.

Era tardi, suo padre aveva portato i cuccioli a stare con lui in un hotel per la notte, intuendo correttamente che avremmo potuto avere bisogno di un po' di tempo da soli per risolvere le cose tra noi. Li aveva corrotti con la promessa di ordinare il servizio in camera e di nuotare in piscina, così erano stati abbastanza contenti di andare, nonostante lo stress della giornata.

Avevo trascorso il pomeriggio a occuparmi del corpo di Dirk, facendo in modo che sembrasse che stesse trafficando droga e fosse stato vittima di un'esecuzione da parte di una banda di narcotrafficanti e poi incontrando Ben, il mio alfa, il padre di Colleen, e il branco di Lexington per risolvere le cose una volta per tutte.

Ora, appena uscito dalla doccia, il mio sangue ribolliva nell'attesa di marchiare la mia femmina.

Sembrava completamente cambiata ora che la minaccia di Dirk era stata rimossa. La sua cautela era scomparsa. Dove prima potevo dire che si stava trattenendo, ora sembrava aperta e ricettiva. Mia. «Togliti i vestiti, tesoro» le ordinai quando la trovai seduta sui talloni al centro del letto. Sembrava così sottomessa ad aspettarmi, il suo sguardo attento sul mio viso.

Si tolse la maglietta e la gettò a terra, e scoprii che non indossava niente sotto.

Un ringhio di approvazione mi salì in gola mentre mi avvicinavo. «Oh, dolcezza. È così bello.»

I suoi capezzoli si tesero, gli occhi diventarono ambrati. Sentivo la sua eccitazione.

«Piccola lupa, mi hai fatto arrabbiare oggi» le dissi con una voce fintamente severa.

«Lo so, paparino. Mi dispiace.»

«Ho avuto tanta paura per te.» La misi delicatamente in ginocchio, poi le spinsi il busto verso il basso finché il suo culo non fu all'aria. «Pensavo di perderti.»

«Lo so.»

Le passai una mano sulla curva del culo, accarezzandola. «Stavi cercando di proteggermi non lasciando che ti marchiassi, vero?»

«Ero solo spaventata» disse, e mi si strinse il cuore.

«Per favore, non lasciarmi mai più fuori.» Le diedi uno schiaffo sul sedere. «Se sei nei guai, voglio essere lì accanto a te.» Le diedi uno schiaffo sull'altra natica.

«Sì, paparino.»

«Lascerai che mi prenda cura di te?» Le diedi un altro schiaffo.

«Sì! Sì, per favore.»

Mi veniva da ridere perché era così dannatamente dolce. Non avrei mai potuto punirla davvero, soprattutto non con quello che aveva passato. Doveva sapere che era sempre al sicuro con me.

«Dammi questo culo.» Le afferrai entrambe le natiche e le separai, leccandole il culo con la lingua.

«Oh!» strillò, il suo ano svolazzò contro la mia lingua.

«Stasera ti scoperò qui. Ecco cosa succede quando sei cattiva.»

Il dolce profumo della sua eccitazione mi disse che era perfettamente d'accordo con quell'idea.

Le strofinai due dita tra le gambe, trovando il clitoride e picchiettandolo un paio di volte prima di darle una piccola sculacciata.

«Prima sculaccerò questa dolce figa, poi mi bagnerò il cazzo, quel tanto che basta per farmi scendere i denti. E poi marchierò il tuo dolce culetto come mio per sempre.»

Colleen gemette di assenso mentre le strofinavo un leggero cerchio intorno al clitoride.

Le sculacciai la figa con rapidi schiaffi leggeri, godendomi il modo in cui i suoi succhi scorrevano sulle mie dita ogni volta che entravo in contatto.

Non avevo nemmeno bisogno di immergere il cazzo dentro di lei: ero già duro come una pietra con le zanne abbassate, pieni del siero che avrebbe lasciato il mio odore per sempre incastonato nella sua carne.

Ma ero un maschio di parola. Le sculacciai la figa finché i suoi gemiti non divennero disperati e sfacciati, poi la trafissi con la mia erezione, spingendola così in profondità che gridò di piacere.

«Sì, paparino!»

«Ecco fatto, piccola. Prendi il mio cazzo» ringhiai, tirandomi indietro, poi sbattendo di nuovo dentro.

«Sì, per favore. Lo voglio. Lo voglio tantissimo» supplicò.

Fanculo.

Ci entrai con colpi più brevi, urtandole il culo ogni volta, facendo tirare su le mie palle come se fossi già pronto a venire. Ma non lo avrei fatto. Avevo altri programmi stasera. Le afferrai i fianchi per renderlo soddisfacente per entrambi, profondo e duro. Le mie palle le schiaffeggiavano il clitoride. Spinsi il pollice contro la sua entrata posteriore.

Proprio quando fui sicuro che stava per venire, quando le sue pareti iniziarono a stringersi e i suoi gemiti si trasformarono in grida disperate, mi tirai fuori e affondai le zanne nel suo bel culo. Urlò e si dimenò come se il dolore le desse tanto piacere quanto la scopata. Le sfondai il buco e la tenni così, prigioniera del mio morso, il pollice che la apriva per quello che sarebbe venuto dopo.

Venne, gemendo e supplicando, con le dita cercò il clitoride tra le gambe.

Ci misi un momento a riacquistare la mia umanità, ma la soddisfazione di averla marchiata era l'euforia più inebriante che avessi mai provato. Ritirai il pollice e le zanne e leccai la ferita per farla chiudere mentre Colleen continuava a trafficare con le dita tra le gambe, gemendo.

«Mi dispiace, piccola. Ti ho lasciata vuota quando sei venuta?»

«Sì, paparino.»

«Non preoccuparti, sto per riempirti del mio cazzo, tesoro. Non muoverti.» La lasciai per un momento per prendere il lubrificante che avevo preso tornando a casa. Usandone una quantità generosa, ricoprii il cazzo e il suo ano, poi le sistemai un cuscino sotto i fianchi per farla sentire più a suo agio.

Le spalmai il culo con altre sculacciate. «Allunga la mano e apri il culo» le ordinai

Obbedì immediatamente, ovviamente fidandosi completamente di me a questo punto.

Mi misi a cavalcioni sui suoi fianchi e le strofinai la cappella sull'ano. «Prendimi.»

All'inizio strinse, ma aspettai che rilassasse l'ano e si aprisse. Mi spostai lentamente in avanti, mentre si abituava ad avere il culo riempito.

«Brava ragazza» la elogiai, e lei si rilassò ancora di più. «Metti di nuovo le dita tra le gambe, tesoro. Occupati di quella figa per me mentre ti scopo il culo.»

«Sì, paparino.»

Adoravo quanto fosse accomodante. Quanto fosse coinvolta. Quanto volentieri accettasse i miei discorsi sporchi e i miei giochi perversi.

Una volta che mi trovai completamente dentro di lei, iniziai a pompare lentamente. Solo un po'. Dentro e fuori. Gradualmente lasciai che i movimenti crescessero fino a quando non la presi completamente, riempiendola e svuotandola. I suoi gemiti e il rumore viscido delle dita frenetiche che lavoravano tra le gambe riempivano la stanza.

«Ti metterai di nuovo in pericolo, piccola?»

«No, paparino!»

«No. Lascerai che sia il tuo paparino a prendersi cura di te, vero?»

«Sì. Sì, per favore. Ne ho bisogno.» Sembrava disperata, come se stesse per venire di nuovo.

Mi faceva desiderare disperatamente anche l'orgasmo.

«Cazzo» ringhiai, pompando più velocemente, cercando di non lasciare che i miei movimenti diventassero irregolari o a scatti mentre le mie cosce si irrigidivano.

«Per favore, per favore, paparino!» strillò.

Urlai e mi spinsi dentro in profondità, riempiendole il culo con il mio sperma mentre le raggiungevo la parte anteriore dei fianchi per affondare le dita nella figa che si stringeva.

«Oh destini, sì» ansimai contro il suo orecchio, dondolandomi lentamente.

«Sì» gemette il suo assenso.

«Ora sei mia» le dissi, ansimando contro la sua schiena. Le baciai l'orecchio, la mascella, lungo l'attaccatura dei capelli.

«Sei mio» mi rispose. «Mi prenderò cura anche io di te.»

Ridacchiai e mi allontano da lei. «Resta lì, piccola» mormorai, poi mi alzai per prendere un asciugamano e pulirla. Quando ebbi finito si girò, tirai fuori il cuscino e mi misi sopra di lei, lasciando cadere baci su tutto il suo bel viso a forma di cuore.

«Non devi prenderti cura di me, piccola lupa. Averti nel mio letto è una ricompensa sufficiente. Voglio che ti prenda cura di te stessa. Potresti andare al college se volessi. O restare a casa. O lavorare. Qualsiasi cosa che ti illumini. Questo è ciò che voglio da te.»

Mi avvolse con le braccia e le gambe, tirandomi contro di lei.

Ridacchiai. «Ti schiaccerò, tesoro.»

«No, non lo farai» disse, con la faccia sepolta nel mio collo.

«Ti amo, dolce ragazza.»

«Sei più del mio compagno. Più del mio paparino. Sei un eroe, nel vero senso della parola. Ti doni per proteggere gli altri. Travis sarebbe onorato di ciò che hai fatto in sua memoria, e sono così orgogliosa di essere la tua compagna.»

Sentii gli occhi e il naso scaldarsi per un momento. «Grazie, piccola.»

Epilogo

*C*olleen

«Sento il battito cardiaco» mormorò Mark, con l'orecchio premuto contro la mia pancia gonfia.

Eravamo in luna di miele prima che arrivasse il bambino, perché dopo non avremmo più dormito, in una baita sulle Alpi svizzere. I cuccioli erano ospiti di una famiglia di mutaforma a Denver che aveva bambini quasi della stessa età. Avevo parlato con loro al telefono quella mattina e sembrava che si stessero divertendo un mondo.

Mi scappò una risatina. «Anche con l'udito da mutaforma, non puoi sentire il battito cardiaco della piccola.»

Mark alzò la testa e sorrise. «*Una lei?* Sai qualcosa che non stai condividendo?»

Arrossii. «Ho fatto dei sogni.»

«Oh sì?» Mi accarezzò con un movimento circolare intorno alla pancia, poi sui fianchi. «Cosa hai sognato, piccola?»

«Ho sognato che la tenevamo in una baita come questa, ma in Colorado. I cuccioli erano lì e tu l'hai presa. La tenevi tra le mani e gridavi: *È una femmina,* e tutti e quattro abbiamo iniziato a piangere di gioia.»

Gli occhi di Mark si riempirono di lacrime, come nel mio sogno. «Sembra perfetto.»

Era un padre fantastico per Angie e Jayden. Lo adoravano. Avere uno stronzo come padre li aveva resi completamente aperti e grati per un padre gentile e premuroso. Onorevole.

Entrambi erano andati bene alla scuola per umani in cui li avevo inseriti e io mi ero iscritta al community college, anche se non avevo ancora deciso in cosa volevo specializzarmi. Avevo valutato di abbandonare quando fosse nato il bambino, ma Mark aveva detto che avrei dovuto cercare di continuare a studiare e seguire un corso alla volta. Probabilmente voleva farmi sapere che avevo più opzioni oltre a quella di stare a casa, crescere cuccioli e servire il mio compagno.

Ma con lui non era mai così. Lui mi adorava. Si prendeva cura di noi. Tutto ciò che voleva in cambio ero io. E potevo accontentarlo felicemente. Aveva rinunciato al suo ruolo di esecutore per il consiglio dei mutaforma e non mi preoccupavo troppo del fatto che lavorasse per la DEA, dato che era per lo più a prova di proiettile.

Mi sollevai sulle mani e sulle ginocchia e mi misi a cavalcioni. Anche se avevamo fatto sesso solo mezz'ora fa, avevo già bisogno di farne ancora. Questa gravidanza mi rendeva eccitata a tutte le ore del giorno. Gli occhi di Mark brillarono d'argento per la soddisfazione e lui mi afferrò i fianchi, tirandomi sopra la sua erezione. «Sei così bella.»

Mi presi le mani sui seni ingrossati e mi lasciai sfuggire una risata roca. Questa gravidanza era stata facile. Mi sentivo bella, probabilmente perché Mark mi diceva che lo ero cinque volte al giorno. Iniziai a dondolarmi sul cazzo di

Mark, prendendolo più a fondo, poi mi rilassai. Era così bello, ma del resto era sempre bello. Ero passata da una vita da incubo a una vita da sogno quasi da un giorno all'altro.

Gli lasciai cadere le mani sulle spalle, così da poter muovere i fianchi più velocemente. I miei capelli, che erano cresciuti lunghi e folti, gli scorrevano sul collo. «Sono così felice di aver trovato il mio paparino» dissi quasi facendo le fusa.

Strinse gli occhi anche se potevo vedere il suo bisogno crescere nell'argento delle sue iridi. «Il giorno più bello della mia vita» concordò. Mi afferrò i fianchi e prese in mano la situazione, tirandomi sopra il suo cazzo, controllando il nostro ritmo. Gettai la testa all'indietro, inarcandomi nel piacere mentre mi aiutava a cavalcarlo sempre più velocemente, caricando forte prima di portare il pollice sul mio clitoride e strofinare. «Vieni sul cazzo di paparino», ordinò.

«Sì, paparino!» I miei muscoli si strinsero attorno al suo cazzo, strizzandolo e mungendolo mentre il piacere mi attraversava dal mio nucleo in tutte le direzioni.

Mark urlò e mi trafisse, sollevando i fianchi dal letto, sospendendo entrambi i nostri corpi in aria mentre mi riempiva del suo seme. «Ecco fatto, piccola.» Ricadde sul letto, ancora dentro di me. «Brava ragazza.» Mi tirò lentamente i fianchi sul suo cazzo, strappandomi altri piccoli terremoti finché non crollai su di lui esausta.

«È ora del riposino» mormorò mentre mi si chiudevano gli occhi. Mi avvolse con le braccia, tenendomi stretta.

«Mmm. Grazie, paparino.»

Ridacchiò dolcemente. «Non devi ringraziarmi per il sesso, piccola. Darti piacere è il mio lavoro.»

Gli strofinai il viso sul collo, inspirando il suo profumo di pelle e caffè. «Ti amo.»

Ci spostò sul fianco perché la posizione non era sosteni-bile con la mia grande pancia tra di noi. «Sono pazzo di te, angelo. Tu e i nostri cuccioli siete tutto ciò per cui vivo.»

«Anch'io» mormorai mentre un meritato sonno pren-deva il sopravvento e mi lasciavo scivolare di nuovo nel mondo dei sogni.

Il Ranch Dei Wolf

Brutale
Wolf Ranch – Libro 1

Boyd

Regola del branco #1: Mai manifestarsi a un umano.

Ho infranto quella regola il giorno in cui ho conosciuto la bellissima dottoressa.

Posso anche essere un campione del rodeo, ma un solo sguardo nella sua direzione e ho perso la concentrazione.

Il toro mi ha sgroppato e incornato e adesso quella dolce femmina sospetta qualcosa.

Quando sono guarito nel giro di poche ore, ha capito che c'era qualcosa che non andava.

Il mio alfa mi ha detto di tenerla d'occhio.

Non è un problema. La terrò d'occhio eccome. *Molto* da vicino.

Mi ci attaccherò come la colla.

E quegli umani che vogliono uscire con lei?

Faranno meglio a farsi da parte.
Perchè la dottoressa è *tutta mia*.
Che lo sappia già o meno.

Brutale

OTTIENI IL TUO LIBRO GRATIS!

Iscrivetevi alla newsletter di Renee per ricevere Preludio, scene bonus gratuite e notifiche riguardo a nuove pubblicazioni!

https://subscribepage.com/reneeroseit

Altri libri di Renee Rose

https://reneeroseromance.com/italiano/

Wolf Ridge High

Alfa Bullo

Alfa Cavaliere

Fratellastro Alfa

Re Alfa

Bastardo alfa

Alfa ribelli

Tentazione Alfa

Pericolo Alfa

Un premio per l'Alfa

Una Sfida per l'alfa

Obsession Alfa

Desiderio Alfa

Guerra Alfa

Missione Alfa

Tormento Alfa

Segreto Alfa

La Preda dell'Alfa

Il sole dell'Alfa

Sangue Alfa

La luna dell'Alfa

Giuramento Alfa

La vendetta dell'Alfa

Fuoco Alfa

Salvataggio Alfa

Ordine Alfa

I lupi di Wall Street

Grande capo cattivo – Mezzanotte

Grande capo cattivo – Il folle della luna

Grande capo cattivo - La marchiata

Grande capo cattivo: Gli accoppiati

Wolf Ranch

Brutale

Selvaggio

Animalesco

Disumano

Feroce

Spietato

Primitivo

Due Segni

Indomita (gratuito)

Tentazione

Deseada

Sedotta

Alpha Doms

La brama dell'Alfa

La punizione dell'Alfa

La promessa dell'Alfa

La protezione dell'Alfa

Padroni di Zandia

La sua Schiava Umana

La Sua Prigioniera Umana

L'addestramento della sua umana

La sua ribelle umana

La sua incubatrice umana

Il suo Compagno e Padrone

Cucciolo Zandiano

La sua Proprietà Umana

La loro compagna zandiana (gratuito)

Le spose zandiane

Notte degli zandiani

Comprata dagli zandiani

Dominata dagli zandiani

Luci zandiane: il romanzo della festa aliena

Trattenuta dallo zandiano

Reclamata dallo zandiano

I peccati di Chicago

La tana dei peccati

Radicato nel peccato

Uomo d'onore

Non provocarmi

Jack of Spades

Ace of Hearts

Joker's Wild

His Queen of Clubs

Dead Man's Hand

Wild Card

Gli alfa di montagna

Eroe

Ribelle

Guerriero

L'autore

L'autrice oggi bestseller negli Stati Uniti Renee Rose ama gli eroi alfa dominanti dal linguaggio sboccato! Ha venduto oltre un milione di copie dei suoi romanzi bollenti, con variabili livelli di erotismo. I suoi libri sono comparsi su *USA Today's Happily Ever After* e *Popsugar*. Nominata *Migliore autrice erotica da Eroticon USA* nel 2013, ha vinto come autrice antologica e di fantascienza preferita dello *Spunky and Sassy*, come miglior romanzo storico sul *The Romance Reviews* e migliore coppia e autrice di fantascienza, paranormale, storica, erotica ed ageplay dello *Spanking Romance Reviews*. È entrata dieci volte nella lista di *USA Today* con varie antologie.

Iscrivetevi alla newsletter di Renee per ricevere scene bonus gratuite e notifiche riguardo a nuove pubblicazioni!
https://www.subscribepage.com/reneeroseit

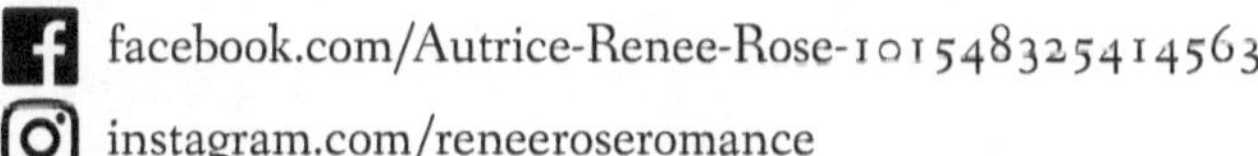

facebook.com/Autrice-Renee-Rose-101548325414563
instagram.com/reneeroseromance